微阅读
1+1工程

第六辑

祖母绿

羊白

百花洲文艺出版社
BAIHUAZHOU LITERATURE AND ART PRESS

图书在版编目（CIP）数据

祖母绿 / 羊白著. —南昌：百花洲文艺出版社，
2014.9（2018.12 重印）

（微阅读 1＋1 工程）

ISBN 978－7－5500－1041－3

Ⅰ.①祖… Ⅱ.①羊… Ⅲ.①小小说—小说集—中国
—当代 Ⅳ.①I247.8

中国版本图书馆 CIP 数据核字（2014）第 184660 号

祖母绿

羊白 著

出 版 人：姚雪雪
组稿编辑：陈永林
责任编辑：刘 云 杨 旭
出 版：百花洲文艺出版社
发行单位：全国新华书店
印 刷：龙口市新华林文化发展有限公司
开 本：700mm×960mm 1/16
印 张：12
版 次：2015 年 3 月第 1 版
印 次：2018 年 12 月第 3 次印刷
字 数：128 千字
书 号：ISBN 978－7－5500－1041－3
定 价：29.80 元

赣版权登字：05－2015－26

邮购联系：0791－86895108
网址：http：//www.bhzwy.com
图书若有印装错误，影响阅读，可向承印厂联系调换。

前　言

　　以"极短的篇幅包容极大的思想"，才能够以小胜大，经过读者的阅读，碰撞出思想的火花，震撼人的心灵。正因为这样，微型小说成为一种充满了幽默智慧、充满了空灵巧妙的独特文体。

　　如果说在二十一世纪的头一个十年，是互联网大大改变了我们的生活，那么在我们正在经历的第二个十年里，手机将更为巨大地改变我们的生活。如今，以智能手机为平台，正在构成一个巨大的阅读平台。一种新的阅读方式正不知不觉地走进大众的生活。一个新的名词就此产生，它便是"微阅读"。微阅读，是一种借短消息、网络和短文体生存的阅读方式。微阅读是阅读领域的快餐，口袋书、手机报、微博，都代表微阅读。等车时，习惯拿出手机看新闻；走路时，喜欢戴上耳机"听"小说；陪人逛街，看电子书打发等待的时间。如果有这些行为，那说明你已在不知不觉中成为"微阅读"的忠实执行者了。让我们对微型小说前景充满信心和期待的是，微型小说在微阅读的浪潮中担当着极为重要的"源头活水"。

　　肩负着繁荣中国微型小说创作、促进这一文体进一步健康发展的责任和使命，微型小说选刊杂志社推出了"微阅读1+1工程"系列丛书。这套书由一百个当代中国微型小说作家的个人自选集组成，是微型小说选刊杂志社的一项以"打造文体，推出作家，奉献精品"为目的的微型小说重点工程。相信这套书的出版，对于促进微型小说文体的进一步推广和传播，对于激励微型小说作家的创作热情，对于微型小说这一文体与新媒体的进一步结合，将有着极为重要的作用和意义。

编者

2014 年 9 月

目　录

慈　悲

你可知菩萨为什么低眉？

自从那天从哑姑山回来，周素琴就一直在问自己这个问题。

周素琴以前是个无神论者，对朝山拜佛没有丝毫兴趣。换句话说，周素琴是个大忙人，她没有那些闲工夫。几年前，她从棉纺厂退下来，闲得慌，不知道要干些什么。女儿在首都已成家立业，婆家都是老北京，用不着她去操心。丈夫老魏年轻时就是个书呆子，退休后，竟鼓捣起什么论文，还扬言要自费出书。周素琴说：你出书给谁看？有那些时间和精力，还不如陪我出去散散心。老魏扔下手头的东西，陪周素琴去四川逛了一大圈。半道上，就发生了那次可怕的地震。

周素琴的老年生活，就以这样的方式开始了。

有时候周素琴也想，如果自己不去四川，就不会惹来这么多的麻烦。然而谁又能先知先觉呢？如果先知先觉了，都躲了，这世界上还有什么必须得承受的灾难？

周素琴倒不是后悔。只是她万万没想到，收养一个残缺的生命竟然如此艰难！随时都在考验着她的耐心和慈悲。周素琴承认，自己不过是一个极普通的女性。当初决定收养小花，完全是被当时的场景惊呆了。那么多倒塌的楼房；那么绝望的哭声和喊叫；那么不忍目睹被无情摧残的生命，一条条横在她和老魏的眼皮底下。顷刻之间啊！周素琴坐在地上号啕大哭。仿佛那些死去和正在死去的生命都是她的亲人，而她无能为力。

后来救援队来了，他和老魏也手忙脚乱地加入进去。再后来，在一块楼板的夹缝里，周素琴眼尖地看见了一只小手。那小手并没有动，像一个干巴巴的树棍。别人来来去去很多回都没有发现，怎么唯独就被自己发现了呢？周素琴认为这里面必有什么神秘的安排。兴许，这就是缘分吧。

结果确实如此。小姑娘的全家都被掩埋了。小姑娘成了孤儿。小姑娘当时只有 6 岁，还不太明白失去一条右腿会带来怎样的后果。然而周素琴知道。她觉得这孩子太可怜了。又有谁愿意收留这样一个残疾的孩子呢？小姑娘醒来的第一件事便是抓住一个大面包幸福地啃了起来。周素琴弯下腰，说：告诉奶奶，叫什么名字？不急啊，慢慢吃，吃完了奶奶再给你买。哦。

小姑娘害羞极了，看着满病房的叔叔阿姨，不说话。后来，她拽住周素琴的胳膊，要给她说悄悄话。周素琴俯下头去，耳朵痒痒的，湿乎乎的。她听清了，小家伙从嗓子眼里拼命挤出了一小疙瘩棉花：小花。周素琴再也控制不住自己了，她抱住小花，心生了要收养这个小姑娘的念头。

领养手续方便快捷。一个月后，他们把小花领回汉中。在给小花上户口时，周素琴才发现这里面其实是有着许多难题。她委婉地和女儿通了电话。女儿倒是开明，对把小花收养为女儿没什么异议。只是她担心父母会吃不消，小花在一天天长大，而他们会一天天老去。到时候，谁又来照顾她呢？

这个问题周素琴也不是没想过。她给女儿的回答是：走一步是一步吧，实在不行了，政府也不能不管她吧。谁让自己碰上了呢。

接下来，为了小花能方便出门，他们卖掉了原来的房，在江边花园又重新买了一套带电梯的住宅。从此之后，周素琴又忙忙碌碌地当起了妈妈，事无巨细，都得考虑周到。教育问题，是老魏的强项，他闲置的学问正好可以派上用场。一晃，小花 7 岁多了，已基本适应城市生活。周素琴决定送小花去学校。接送困难，后来专门雇了一个人。然而半年下来，小花死活不去了，要和老魏在家里学。周素琴意识到，肯定是在学校受到了歧视。她去找班主任，给小花好说歹说。小花总算回到了学校，可性格变得越来愈顽劣，有时，还动不动以不吃饭来要挟。周素琴意识到，自己对小花是有些过于溺爱了。可她毕竟不是自己的骨肉。她是个残疾的孤儿。周素琴提醒自己要保有耐心。既然在做善事，就要善始善终，又怎么能半途而废呢？为此，周素琴还托人给小花联系过一个心理辅导医生。然而效果似乎并不明显。

小花已经养成了一个怪癖，睡觉一定要摸着周素琴的胳膊。一天晚上，周素琴考虑到得让小花学会独立。她给她洗漱完，等她睡着后，悄悄去了老魏的房间。

半夜，小花的尖叫把整栋楼都吓醒了，以为发生了什么突发事件。小花哭着闹着要妈妈，周素琴一骨碌爬起来奔过去，告诉小花：妈妈在啊，不怕啊。周素琴万万没想到，小花会说出那样一句伤人的话。小花冷冷地说：你骗人。你不是我妈妈。周素琴当即哭了。她倒不是觉得小花没良心。而是深深意识到，对于渐渐长大的小花，她有些无能为力。她把事情想得过于简单了。

渐渐地，老魏对小花有点不耐烦了。周素琴看在眼里，心里开始动摇。究竟，自己收养小花是不是一个正确的选择。或者说，正确的路径到底在哪里？自己该怎样做，才能抚平她伤残的肢体和心灵？

显然，这样的问题，除了先知先觉的菩萨，没有人能告诉她。

于是，周素琴决定到附近的山上去透透气，好好考虑考虑。自那次地震从四川回来，她就一直没有再出过这个小小的城市。

她独自一人来到秦岭南麓的哑姑山上。其时春节刚过，游人稀落。她在哑姑庙里跪下来，跪了足足有半个小时，腿都麻了。可她不愿起来。她第一次感觉到，这些泥塑木雕并非什么轻飘虚构的东西。这中间高大的菩萨，有着一种让人震慑的肃穆，她心甘情愿地跪着，什么也不想。静极了！美极了！如果可以，她愿意生生世世跪在这里。

周素琴用了很大的胆量，抬起头来。她要仔仔细细看一看菩萨。她的阔脸，她的丰唇，她的慈目，她的大耳。她那么高大，可一点也不神气。她是那么慈悲，就像是一口永远敞开的钟。太美了！太静了！周素琴险些都忘了她此次朝山的目的。

后来，周素琴收养地震残疾孤儿的事迹被本地媒体报了出去，各路记者蜂拥而至。周素琴有些招架不住，面对镜头更是语无伦次。她不敢抬头，只是低着眉，看着脚尖处一个虚拟的地方，被迫地回答记者们提出的问题。

一次，一个来自拉萨的记者采访完后，情不自禁地叫了一声"菩萨"。周素琴慌忙摆手，不敢承受。然而，就是这一叫，周素琴走神了。她想起了哑姑庙里的那尊真菩萨，她肃穆慈祥的样子。突然之间，周素琴明白了那个长久以来困惑她的问题：

你可知菩萨为什么低眉？

因为，因为她怕与众生的目光对上。对上了，就是负有了责任。

手摇花束的姑娘

拉姆措和师傅邦德一路唱着来到贝加尔湖区刚好是七月。是一年中最美的时节。天蓝水蓝，绿油油的冷杉林在苍翠欲滴的草地上蜿蜒起伏，时而露出盛开鲜花的草甸，突起的峭壁和弯曲的河流。当然还有来自世界各地的游客。

他们安顿下来，在湖区进行了一个多月的表演。拉姆措十八岁，已经是第二次和师傅进行这样的流浪演出了。拉姆措和师傅头顶都有一根黑粗油亮的辫子，手拿马头琴，唱着悠扬苍凉的蒙古长调，让游客们好奇。尤其是中国游客，总以为他们是蒙古人，或满洲人，以为见了老乡，一开口，却是疙疙瘩瘩的布里亚特语。拉姆措羞怯地告诉翻译，他们是图瓦人。

翻译问邦德："图瓦人都留辫子吗？"

邦德摇头。

翻译说："以前大清留辫子，是一样的吗？"

邦德点头。

邦德五十多岁。扁平的阔脸眯缝着眼，看天上的云朵，像是在回忆中睡着了。

翻译又问拉姆措，喜欢辫子吗？拉姆措看一眼师傅，举头说："师傅说了，辫子代表灵魂。"

人们不再笑，让他们接着唱歌。给他们扔钱。

一个多月后，他们离开湖区，沿着安加拉河而去。

当地人说：有336条河汇入了贝加尔湖，流出的却只有安加拉河一条。它携手叶尼塞河，奔纯洁的北冰洋而去。传说安加拉是贝加尔湖宠坏的女儿，与小伙子叶尼塞私奔了。

这个传说让拉姆措激动不已，他央求师傅教给他一些黄昏时唱的歌。

邦德总是摸摸他的头，意思他还小。

但邦德还是拉起马头琴，唱了一首黄昏的情歌。

拉姆措知道，师傅又想他的相好耶列娃了。

那是一个四十多岁的俄罗斯妇女，面色红润，身材魁梧。老实说，那个女人并不美，但拉姆措喜欢，觉得她就是一个热情的妈妈。

而让拉姆措牵挂的，其实是一位姑娘。

他不知道那姑娘的名字，但在无数的日子里老想起她的模样。

那天，师傅拿着马头琴，和耶列娃去桦树林幽会。拉姆措无所事事地沿着安加拉河走，走走停停。看水鸟掠河飞翔。看一丛一丛的野花摇摆着，伸长脖子察看她们水中的容颜。再往前，有一座突起的高崖，鹰嘴一样伸到了河边。而河对岸，有一条铁路划出一条长长的弧线，偶过黑色的蒸汽机车。

拉姆措坐下来，猜想那车上运的是什么？往哪去？西伯利亚实在是太大了，大到常常会让人忍不住发呆。

正想着，又过来了一辆，像煮开的茶壶一样激情地喷吐着白雾，拉响嘹亮的汽笛。在那云朵般的缭绕里，拉姆措突然看见了一只胳膊，伸出车窗，正在向他招手。拉姆措激动，跳跃，准备放声歌唱。

可他同时感觉到了异样。回过头，挠脖子，看见了山崖上站着一位俄罗斯姑娘，身材修长，穿着一袭白色的碎花长裙，眺望着，左手高高地挥舞一束鲜花。

拉姆措明白了。他羡慕这姑娘。羡慕那个开火车的人。

拉姆措觉得自己有点多余。悄悄走开。

回过头。火车都消失了，那位漂亮的姑娘还站在山崖上，摇晃花束。拉姆措看着温柔的安加拉河，在心里默想：火车，汽笛，鲜花，姑娘，再加上山崖，河流，以及这起伏着的空旷的原野……他肯定自己是目睹了一场伟大的爱情，而不是风花雪月的电影。

之后的几天，拉姆措都来这里目睹。

火车还是那个火车，姑娘还是那个姑娘。然而花束，却有着不同的美丽，天天在变化：一会是圆筒粉花的风信子，一会是细碎微紫的马钱花，一会是橙色的秋萝，一会是菊花般的铁线莲。看来，她把这里能采的野花都采到了。她真是个幸福的姑娘！

拐弯抹角地，拉姆措向耶列娃打听那姑娘的情况。耶列娃撇撇嘴，

不以为然地说:"她是个瘸子。"

"瘸子? 她不天天站在山崖上手拿花束向火车挥舞吗?"

"是的。开火车的是她相好,当兵的。我见过他们在一起。军人,不一定哪天就走了。"耶列娃摇摇头,继续给邦德梳辫子。

瘸子。拉姆措不太相信这个事实。瘸子怎么会采到那么多不同不一样漂亮的花束呢? 怎么能爬上那么高的山崖?

直到他和师傅离开的那天,他还看见那姑娘站在山崖上,手摇花束。她身体前倾胸脯高挺左臂摇晃的样子就像是一面旗帜,深深印在了拉姆措的心里。一想到那位美丽的姑娘是个瘸子,拉姆措的心里就有些难受,忍不住要拉琴。因此这次一到,拉姆措就跑到山崖前,去看望那位不知名的姑娘。

一连几天,都不见姑娘的影踪。再看河对岸的铁轨上,已难觅黑色的货车,取而代之的是一列列鲜亮的绿皮客车。

拉姆措爬到山崖上,在一块青石上坐下来。他想,姑娘肯定曾在这块石头上坐过。现在,她去了哪里? 那个火车司机去了哪里? 他们?

拉姆措站起来,河床里刮过来的风吹起他的长袍,使他看上去像一个陈旧的古人。

他准备下山。然而在另一个高起的石头上,他看见了一大片花束。只不过都已干瘪,变成了褐色,像一堆柴草。

拉姆措开始拉琴。拉了多长时间,连他自己都不清楚。

当邦德找到拉姆措,夕阳的辉光映在安加拉缓缓流动的水面上,仿佛金色的歌唱。

邦德吃惊地问:"拉姆措,你拉的这是什么曲子? 不是我教的!"

拉姆措把辫子甩开,仰头问:"好听吗?"

邦德哈哈大笑,握住拉姆措的辫子说:"拉姆措,你长大了。告诉我,叫什么曲子?"

拉姆措害羞地别过脸。他把一块石子扔进水里,对着那不断扩散着的轻漾的涟漪说:手摇花束的姑娘。

伤 害

林雅纯当着母亲的面把小提琴摔了。

比这更要命的是，林雅纯的牙缝里同时还窜出了一条蛇：变态。

这条狠毒的蛇，把林雅纯自己都惊呆了。

她僵在那里，眼泪顿时涌了出来。

母亲瞪大眼，哆哆嗦嗦了好一阵，看林雅纯抱头冲进了自己的房间，斜眼看了一会地上的琴，也不捡，跨过去，抹着眼泪进了妹妹林雅洁的房间。

林雅纯靠在门上，半天喘不过气来，眼泪哗啦啦地流，覆水难收的样子，几乎就是瀑布。林雅纯手抓头发，告诉自己：在这个家里不能再待下去了，再待下去她会发疯的。

搬出去。搬出去。

这样的念头，林雅纯其实从参加工作那会就有了。可母亲一直不同意。说一个女孩子家，在外边住不安全，况且又花钱。母亲这么一说，林雅纯无话可说了。林雅纯从小就是个听话的孩子。父亲死的那年她才五岁，她并没有哭，只是害怕，她不能相信一个人睡着后会永远醒不来。为此她害怕一个人睡觉。和母亲和妹妹挤在一张床上直到她上初中。

确切地说，是妹妹林雅洁发病的那一年。那一年妹妹上初一，却偷偷恋爱了，而且是和一个初三的男孩。母亲知道这件事情后，把妹妹狠狠羞辱了一番，说再这样混账下去，将来只配去做妓女，做小姐。

妹妹不甚明白妓女和小姐是什么意思。但她从母亲的诅咒里，意识到了那是两个很脏的女人。奇怪的是，沉默寡言的妹妹并没有被母亲所吓倒，而是继续和那个男孩偷偷摸摸，学习差得一塌糊涂。母亲恨铁不成钢，常常哭，常常骂。直到有一天，妹妹给母亲跪下来，当着母亲的面，把衣服全脱了，她大笑着质问，她是不是妓女？是不是小姐？她是

林雅洁。她匍匐到母亲腿边，疯狂地拉扯母亲，要她看看她到底是干净还是脏？

那一刻的母亲，像一片树叶一样彻底被摇落了。

她不明白，从她肚子里爬出来的好好的林雅洁，怎么突然之间就成了一个疯子！她不相信。

她大叫：来人，来人。为什么？为什么？

屋里没有一个人。林雅纯学琴去了。

林雅纯常忍不住想，自己会不会有一天也成为妹妹？

这个家里，太需要一个男人了！这么多年，里里外外事无巨细都由母亲一手操办，母亲回到家里就是干活，干活。母亲的话越来越少了，目光越来越犀利，像一只老鹰一样的紧紧地看管她们。后来，妹妹病了，母亲就主动上夜班，守着一台油脏的车床，一月挣那么可怜的几百元钱，母亲容易吗？

这一切林雅纯自小看在眼里，她不愿让母亲伤心。母亲一伤心她就不知所措，以为自己是犯了什么严重的错误。因此母亲让她干什么她就干什么。让她考哪个大学她就考哪个大学。因此她加倍努力。尽力让母亲得到一点点可怜的骄傲。

按理说，如今自己已成为本地大学的一名音乐教师，母亲该放心了。但母亲都做了些什么？林雅纯想起来就难过。她把自己囚闭在家里。她赶跑了她的一个个男朋友。她不知道她在背后地里都对他们说了什么。她觉得，母亲太过分了。凭什么她就断定别的男人配不上她的女儿？

凭什么？她不知道怎样的男人才能令母亲满意。母亲对这个社会存有了太多的敌意。

说好的，今天庞阔蓝到家里做客，母亲也满口答应的。林雅纯上了一趟卫生间，进卧室拿了琴，回客厅一看，庞阔蓝不见了，被母亲轰走了。

林雅纯质问母亲：为什么？

母亲的理由竟然是：庞阔蓝看电视时看女人的眼神不正常。

林雅纯当即把琴摔了出去。牙缝里就窜出了那条歹毒的蛇。

是的，林雅纯一直觉得母亲的心理有问题。可她说不出口。更不知道怎样来和母亲说。母亲一方面是这个家里的皇帝，一方面又是这个家里的乞丐。她把所有的心思都藏着，把所有的爱都给了她们。母亲太苦了！把她们拉扯大，容易吗？她又怎么好去和她作对？

事实上，前些年，隔壁邻居给母亲介绍过一位退休老师，林雅纯认为挺好的一个伯伯，为人随和，说话也风趣。可到家里来过几次后，却被母亲莫名其妙地回绝了。事后林雅纯才知道，母亲是嫌那位伯伯和自己说的话多了，怕将来对自己图谋不轨。

林雅纯为此事和母亲几天不说话。她觉得她越来越看不懂母亲了。她不明白母亲为什么要把自己看得如此珍贵，绑得如此紧，不容自己有丝毫的喘息。她已经快三十的人了。难道，难道就因为她是她的母亲？就因为她这么多年含辛茹苦不容易？

林雅纯想不通，这究竟是怎么了？明明是爱，怎么却总是伤害！

她不清楚母亲的感受。母亲似乎从来不考虑自己。她把自己沉浸在母爱的艰辛和伟大里，一腔热情一如既往地要把她当成孩子。要保护她。疑神疑鬼。而间歇发病的妹妹，就像一个紫黑的幽灵，时不时刺激着这个家庭本就薄弱的心脏。

林雅纯自小就是在这个担惊受怕的环境里长大的，她不知道怎样才能从那洞穴里爬出来。她抓扯自己的头发，愈抓愈乱，没有头绪。她一遍遍问自己：如果自己搬出去，逃跑了，妹妹怎么办？母亲怎么办？她们可都是她最放心不下的人呀！林雅纯泪如泉涌，边哭边想，感觉所有吃过的盐都从泪水里跑了出来。

哭着哭着，林雅纯猛然想到母亲，怕她出事。从房间出来，透过门缝，看见母亲正瘫坐在地上，似乎睡着了。而妹妹，把母亲的衣服扯开了，抱着她干瘪的乳房，正趴在那上面贪婪地吮吸，口含白沫，仿佛婴孩。

林雅纯看不下去了。

她的愤怒被再次点燃。

她抓起地上的琴。琴并没有摔断，只是断了一根弦而已。她疯狂地，像个艺术家那样摇头晃脑地拉了起来。

房间的各个角落很快就被一种恢宏的支离破碎的声音淹没了……

先走一步

张三李四是多年的同事。只因李四比张三晚进单位半年，他的行政级别就老是落后一步。先前张三当科长时，他是副科；如今张三当处长了，他紧随其后成了副处。问题是，李四是个心高气傲的人，从来就不认为自己的能力比张三差。

为这事李四心里一直憋着股劲，平日里与张三的关系总是有点疙疙瘩瘩。

这不，年底了，各个部门都陆续发上了东西。张三来征求李四意见，看发什么合适？李四手头正忙，桌子上堆满了报表。头也不抬，说："你是头，嘴大，爱吃什么就发什么呗，我们胃口粗，萝卜白菜也装得下……"说完，李四后悔了，知道自己又管不住嘴了。因为张三没等他说完就甩门而去了。

结果，张三还真要给大家发白菜。一人一袋，纯正的东北大白菜。让大伙回家腌酸菜，猪肉炖粉条，热热火火过大年。

一袋一袋的白菜白白胖胖的，从红网袋里露出它们的屁股和脸，甚是喜人。李四从张三手上接过他的一袋，也没抬头，转身让小赵帮他架到自行车上。准备推车走人。也怪小赵眼尖，小声说，"李副，你看，这有一棵烂白菜。"李四一看，上面的一棵，果然是烂了。再看看别人的，都清清白白圆圆满满的。李四的脸一下就红到了脖子根，感觉是明目张胆地被人踩到了脚底下。奶奶的，士可杀不可辱。李四拎着白菜，大踏步杀了过去。人未到，先把白菜扔了出去。张三一看是李四，问怎么了？满脸吃惊。

李四也不多说，把烂了的那棵白菜翻出来。张三哈哈大笑，说老李，咱俩谁跟谁，不就是一颗烂白菜吗，至于吗？

李四反击，这是白菜的事吗？为什么别人的都好好的，唯独我？你，你欺人太甚。有你这样干事的吗？

张三压压手，说好了好了，不要扯那么多，把我的这袋给你，总该行了吧。李四不依，"你的是你的，我不稀罕，我只要我的那一份。"

张三看李四较上了劲。随手从兜里摸出手机，告诉司机，专程去市里给老李再买一袋，立即。

事情闹到这个程度，李四也无话可说，坐下来生闷气。

谁成想，这件事怎么就传到了董事长那里。几天后的全体干部会议上，董事长非常生气，就这颗烂白菜的事说了一大堆话，从斤斤计较说到了官僚作风，从贪污腐败说到了为人民服务，等等。李四一个字也没听进去，只感觉整个人都要被烧着了，却又不能烧，就那么憋着，冒着烟，乌烟瘴气的。

自此之后，李四恨透了张三。每当张三用他肥硕的身子扭动皮椅，口吐烟雾，慢条斯理地向他布置工作时，李四的心里就一阵难受，像是卡着个什么东西。

长此以往，李四得了不治之症，而且是晚期。医生说，最多活不过半年。躺在病床上，想着自己窝窝囊囊的大半生，总是被张三遮着阳光，难见天日，不由万念俱灰，亲朋好友的劝慰也听不进去。不到一月就形容槁枯，脱了人形。

这天，张三抱着一捧鲜花前来探望李四。看李四病成这副模样，不由泪水涟涟，深情地说："唉！老李呀，都是我对不住你。说起来，我们还住过同一间宿舍呢，那时候我们多单纯！不知不觉，怎么就别扭了呢？不过老李呀，我得给你说实话，那年发白菜，我真的不是故意的，至于后来……你也当过官，应该能体会到，有些事，确实不是我们自己能左右的，我们都是身不由己呀！"

李四本来一直躺着，突然坐起，来了精神，和张三开起了玩笑："张处，谢谢你百忙之中能来看我，谢谢你还记得我们睡过同一间宿舍。我这一辈呀，一直在搭晚班车……看来，这次真的是要先走一步了。你老兄身体棒，再风光几十年不成问题……也好，到时你去那边报到，你当科员，我起码也该混到副处了吧！哈哈哈哈。"

张三笑，那是那是。寒暄几句，说还有一个会议，便匆匆离去。

当晚，李四便撒手人寰。

阴曹地府里，李四正匆匆赶路，突然听见有人叫他，仔细一看，是张三。李四以为是在做梦。疑惑地问："张处，你怎么在这？"

　　张三先是扭捏，忽而大笑，狂拍他肩膀："李四啊李四，你高兴的早喽，你以为你能走到我前头？哈哈，还是踏踏实实地做我的下属吧！"

　　李四哪里会想到，他玩笑的愿望居然也会落空！奶奶的，这地狱也讲先来后到。李四莫名其妙地看着大腹便便的张三，不知道究竟发生了什么？扭转头，询问黑白无常。

　　原来，在李四咽气的前半个小时，张三从一家娱乐城出来，在开车回家的路上，突然想起了李四的那句玩笑话，越想越觉得有意思，一开小差，竟出了车祸！

朋友妻

张慧琴和李少芬起初并不认识，因为两人的男朋友是朋友，来往过几次，发现脾气相投，很快就成了无话不谈的闺蜜。无话不谈到什么程度？连各自男朋友的私处都说了出来。说出之后，才发现这样并不好。每次四个人在一起玩，张慧琴老走神，觉得自己男朋友汪军没有李少芬的男朋友苏进好。

李少芬说过，苏进的身体很棒的。这话说得含糊，却也明确，主要指的是苏进的下半身很结实。苏进个子中等，面态憨厚，骨架不大，然而整个身体很饱满，而且匀称，尤其是那臀部，微微上翘，把体恤别在裤子里时显得特别精神，又稳重。张慧琴看到苏进的臀部，总会情不自禁地想象那裤里的真实光景，这不免让她害臊，觉得还是李少芬有福气。

相对于苏进来说，汪军其实更帅。汪军身体高，骨架大，只是有点瘦。其实也不瘦，按现在男模的标准，应该是刚刚好。可有苏进做对比，张慧琴就觉得是有点瘦了。

汪军不但长得帅，也善说，任何话题他都能接得上，不管对不对，那架势就很自信。不像苏进，不太懂的他一般不乱发言，即便是懂，他也不大声喧哗，似乎骨子里有一股羞涩，不愿把自己完全暴露出来。

两个闺密谈论男朋友，两位哥们免不了也要比较一下他们的女朋友。张慧琴个子高，身材好，五官也端正，只是皮肤不太好，脸色发黄，而且说话时眉毛不由自主地会往上挑，再加上她语速快，就有了一股凶巴巴的味道。

李少芬呢，中等个子，眉眼也不算亮丽，然而皮肤好，有光泽，再加上她性格比较温和，说话慢条斯理，穿着也朴素，无形中便有了一股清雅之气。汪军在见李少芬的第一面，心里就咯噔了一下，后悔被苏进抢了先手。再者，自己和张慧琴的事已人所周知，夺人之爱，已经是不

可能了。

汪军和苏进的关系不一般。不但是朋友，同事，更是技校时的同学。两人学的是热工，进车间又分到了同一个班组，干锻工，一个司锤，一个掌钳。两人配合默契，很快成为车间的生产标兵。

进了车间，才发现当工人是蛮苦的。汪军能说会道，他清楚这是自己的优势，托人找关系送礼，之后调到了销售公司，成为一名常年在外跑的业务员。

汪军这一走，四人的桌子少了一条腿，来往便稀了，后来各家有了孩子，平时见面也就说几句话，没有了什么特别的来往。

一晃近二十年过去了，苏进依然在锻工车间当工人，汪军呢，成为销售部的一个副经理，按级别算是中层干部，这种差距的拉大，两家的关系就更远了，除了一些必须的聚会，平时很难坐到一起。

苏进和李少芬都是老实人，日子平淡，却也安分。只是在苏进四十六的时候，有了腰肌劳损，时常隐隐疼痛。按理说，厂里有规定，男的四十五岁以上就可以离开锻床，到二线去工作，但因为车间年轻人不断离去，接不上，再加上苏进技术好，车间领导让苏进再坚持坚持，有合适的替补就放他走。苏进抹不开面子，也就一直坚持着，晚上却常常半夜地疼。李少芬有点坐不住了，有次遇见张慧琴就把苏进的情况给她唠了一下，希望她回去能给汪军说说，他上面认识的人多，随便说句话，调出一线应该不成问题。

张慧琴满口答应。还一个劲地埋怨李少芬不早说。回家就给汪军去了电话，让他无论如何把苏进的事情给解决了。

张慧琴的急是真急。不说她心里喜欢苏进，就凭她以前和李少芬的关系，苏进和汪军的关系，她也不能不管。有明文规定却不执行，这不明摆着欺负人吗？

张慧琴的质问，让汪军无话可说，他满口答应，让她放心是了，他怎么可能不管呢。

然而半年过去了，苏进依然在一线打铁。李少芬再见张慧琴，脸上便挂了冷淡，能不搭话就不搭话。张慧琴再明白不过，李少芬生她的气了。可张慧琴又能解释什么？不是她不卖力，是那死鬼汪军不上心。为此事，张慧琴没少骂汪军。她直截了当地说，你连自己同学朋友的死活都不顾，你还是人吗？

　　骂归骂，汪军在外地，她胳膊也伸不了那么长。因此再见李少芬，她自己就先有了想躲的意思。

　　年底，汪军终于回来了，张慧琴第一时间把这消息告诉了李少芬。她给李少芬出主意，说这死鬼在外面混油了，她也有些捉摸不透了，要不，你亲自提着东西登门拜访，看他怎么说，不信他就是铁人，不羞死他才怪！

　　李少芬就去了，按张慧琴提供好的时间把汪军堵在了家里。称呼是汪经理，完全求人办事低三下四的口气。张慧琴看不过去，也有意要让李少芬狠狠地刺他一顿，便借故出门回避了。

　　汪军一个劲地给李少芬解释，道歉，说不是他不上心，是因为他长年在外，一时半会插不上手。

　　李少芬不和他啰嗦，就问他：办——还是不办？

　　汪军被逼急了，突然嬉皮笑脸地说，能不办吗？只要你满足我一个要求。

　　什么要求？

　　也没什么，就是——你要陪我喝几杯。

　　李少芬豁出去了。她反客为主地给汪军添满酒，又给自己添上，让汪经理请便，他喝多少，她也就喝多少。

　　等张慧琴回来，她看见地板上躺着一个人。其实是两个人，汪军把李少芬压在了下面。

　　张慧琴揪住汪军的头发让他睁开眼看看，看看他都干了些什么！

　　汪军醉醺醺地说，我不睁，我就不睁，看你把我怎样？

　　张慧琴抱住李少芬，伤心欲绝地哭了起来。她算是明白了，这醉鬼肚里的蛔虫是什么。

　　她声嘶力竭地说：汪经理，汪畜生，请你仔细地看看，这个被你糟践的女人是谁？她是李少芬！是你朋友的妻！

忧愁翻身

儿子是北大的高材生。

按照物以类聚人以群分的道理，他的几个好友无不出类拔萃。一个是在美国哈佛大学学生物的王某，一个是在牛津读建筑的张某，还有一个是在中国传媒大学学播音主持的薛某。他们是"火箭班"的高中同学，现天各一方，却网络蜜密，情投意合，是无话不说的"四人帮"。时不时，儿子会把他优秀同学的优秀事迹透漏给我，比如，王某的某篇论文在校报上发表了，张某拍摄的一个系列图片上了美国的《国家地理杂志》，还有，薛某怎么去中央台实习了，见到了朱军董卿等等，听得我眼花缭乱，心里舒坦。虚荣心自然也就上来了：有如此精英的朋友，儿子能不优秀吗？想不优秀也难哦！

心里藏着美，忍不住就要分享。因此，我们几个家长在网络上也有来往，闲暇时聊聊天，谈谈孩子们的事情。所谈最多的当然是孩子们的学业、发展，以及未来事业。

一番辽阔的跑马之后，有时也会自嘲，转而谈到生活、家庭、亲情、疾病、人生等等更为漫漶的问题。这样聊着聊着，我们的优越感就低了下来，有时竟低到几个八度，让人不免要叹息，而且心里有了焦虑，议论着这帮优秀的兔崽子将来会不会比他们的老子活得更幸福？

首先我们自嘲养了一代不会干活的少爷。这四个集万千宠爱于一身的精英宝贝，几乎个个在家是衣来伸手，饭来张口，家务不会，脾气不小，家里没粮了都不带急的，油瓶子倒了也不带扶的。花钱大手大脚，从来没有心疼的感觉，该花的、不该花的，向来意识不清，好像他老子是开银行的。你一说他，他比谁都狂，意思他是绩优股，不过是暂时融资而已，你拥有他应该感到自豪才对。

另一个话题，就是我们的养老问题。鬼都看得出，甭管这帮孩子将来有没有成就，是绝对不会伺候人的。即便他们将来也做了父母，养儿悟出了父母恩，想伺候，可也得和时间空间商量呀！谁知道他们将来会漂在何方？靠他们养老，是天方夜谭。他们不让老人操心就烧高香偷笑了。

王某的父亲说，他儿子去年就曾开诚布公地对他放话说，你们老了自己想办法，趁早打算，别到时候对我失望。说得他心里虚慌，有一天竟真偷偷去了几家养老院，实地考察了一番。王某在美国属于自费留学，学费一年需三十多万，更别说其它花销。张某学建筑，又同时爱好摄影，经常在欧洲各国穿梭，考察古旧建筑，光一年的油费就在三万元以上，至于他买的那一套摄影器材，五万多元，据说还只是中等水平。学播音主持的薛某在国内，花费相对小，然而，这家伙理想不小，还想染指影视，各种乱七八糟的花销下来，一年也在八万上下，已大大超过一个工薪阶层一年的收入。这帮兔崽子，固然扬眉吐气，可如果不是家里有底子，他们能精英到国外去吗？

春节时，四个精英先后回到了国内，恰逢儿子过生日，"四人帮"便决定聚一聚，不在酒店，提出要在家里。我这个家奴便欣然领命，提前三天做准备，拿出十八班武艺，给他们做了八菜四烤，又买来一个欧式的生日蛋糕，然后我就回避了。

几小时之后，儿子给我打电话，说你可以回来了，俺们去酒吧飙歌了。

回到家里一看，餐桌上一片狼藉：喝过留下一半的啤酒，饮料，瓜子壳，一堆乱七八糟未啃干净的骨头，虾头，烟灰缸里、几块扯下来的油黄的鸡皮，一个小盘子里、竟放着几个袖珍的小球，我观察了半天，才明白过来是鹌鹑蛋黄，想必是哪个家伙有着不吃蛋黄的癖好吧。这么小的东西剥出来多不容易！竟然也不嫌麻烦地要剔除掉。

再看看碗里，四碗米饭有两碗里面都残留着那么不雅的几勺。至于蛋糕，几乎就没有动，但奶油是油漆般满桌皆是，想必是闹着玩呢。

我一边收拾残局，一边就情不自禁地想起了自己小时的生活。

我一屁股坐下来，开始抽闷烟。

我承认，在我的精英儿子过生日的这一天，我是切切实实地感到了一丝失落。但到底失落在哪里？我也说不清。

我知道，时代不同了，各个时代有各个时代的活法。并且我也确信，这帮家伙在各个方面的确很优秀，也知书达理，只不过不拘小节罢了。

可我还是失落。

　　然后我就失眠了。

　　躺在床上，随手翻阅一本杂志。很偶然地，贾樟柯导演的一篇文章：《忧愁上身》，跳入了我的眼睛。我甚至都没看内容，就喜欢上了，脑子里冒出了一股青烟——多好呀，多好的标题！

　　然后我就有点明白了，那是忧愁在翻身。

约 会

我是前几天来到秦岭深处的石板镇的。小镇景色优美，民风淳朴，有一种世外桃源的感觉。

坦白说，我此行的目的，是为了赴一场约会。然而那个网名叫小灯笼的女子，却迟迟没有出现。我给她打电话，她说错过了班车，要徒步上山，可能得两三天的时间，希望我能原谅。

一个女孩子家，徒步上山，这在我听来有点天方夜谭。网恋吗，谁又能完全当真？因此我并不伤感，即便这小女子看不上我，临时变卦，也没关系呀。这里空气新鲜，景色宜人，权当度假好了。我想在这宁静的小镇好好休养休养。

因为各种原因，小镇上老是停电，因此就需要蜡烛。

我到就近的杂货铺去买，回答没有。我再到第二家杂货铺去买，还是没有。因此我不得不到第三家杂货铺去买。铺主人同样平静地告诉我，没有。

我纳闷了，一个镇，怎么连卖蜡烛的都没有？铺主是个精壮的汉子，他嘴里叼一根烟，正俯身弯腰抱着一个大茶缸。对我的疑问，他懒得解释，只淡淡地说，利润太小，不划算。

在我印象中，小镇上大致有四家杂货铺，失望之余，我打算到剩余的那家去碰碰运气。

汉子看出我是个新来的。直截了当地告诉我，那家也没有，你到街尾的老阿婆家去买吧，她那有蜡烛。

我将信将疑，顺着石板街一直往前走，走到街尾，在一个缩进去的空挡里，果然有一个简陋的摊位，摆着一些竹编的用具和长长短短的绳子，看上去生意清淡，并没有什么顾客。

摊主是个八十多岁的老阿婆，她对我的到来视而不见，正埋头认真

地搓着一根青色的草绳，那编好的部分，蛇一样缠在她的胳膊以及脖子上，再加上她正对着我的一头鸡窝样乱蓬蓬的花白的头发，使我不由感到一种惊悚的意味。

有蜡烛吗？我低声问。老阿婆看看我，这才停止劳作，欣然从木板架下摸出一包。接着老阿婆开始热情地唠叨起来，说她编的草绳如何如何好，只是由于人老了，编不动了，编草绳这活路，手上得有一把力气……付钱的时候，我问老阿婆，生意好吗？老阿婆笑呵呵地说，好、好、好，这不老停电吗？转而一想，话不妥，忙又说，不过老停电，也不方便哟。

一通寒暄之后，老阿婆斜起胳膊有些吃力地把蜡烛递给我。我这才发现，老阿婆的下身不能动，估计是半身瘫痪。我冲她笑笑，慢步而去。

两天过去，依然没有小灯笼的消息。我猜，这家伙说不定又忙着和别人恋爱去了，想想，给她发去一条短信：祝你好运！我依旧在山上。

过了一会，她也礼貌地发来短信：也祝你好运，山里很美吧！

因为停电，小镇的夜晚就更显宁静。我独自漫步在石板街上，夜风凉凉，山野寂寂，唯烛光融融，从各家的窗户里探身出来，有梦境的迷幻。

我来到汉子的杂货铺，顺便买点东西。又闲聊起蜡烛的事。我说，小镇上老停电，蜡烛生意应该不错，你为什么不进一些呢？

汉子笑而不答，吐几口烟圈，这才慢条斯理地给我说起街尾老阿婆的事。

早先，老阿婆的丈夫是镇上有名的教书先生，说一口上海话，为人和气，斯斯文文的，文化大革命那阵却成了批斗的对象，被抓去干校改造。老阿婆独自带着两个儿子，以搓草绳为营生，日子过得艰难，却也总算熬了过来。

后来政策好了，教书先生也放了出来，却没再回来，而是去了上海，据说在某大学当了教授。再后来，才知道教书先生在上海是有心上人的。老阿婆是个倔强的人，他不回来，她也绝不去找他。她倒要看看，他管不管两个儿子？

有一年，教书先生总算回来了。他回来，是要带走两个儿子，让他们去接受好的教育。后来两个儿子也在上海安了家。他们接老阿婆去上海，可老阿婆不肯，一直独居。她把老教授几十年寄给她的钱，全捐给

了镇上的妇幼保健站，把儿子们给她寄的钱，捐给了镇上的小学。

再后来，教书先生和两个儿子先后离世了，老阿婆却活着，风烛残年，依旧倔强，不轻易接受别人的施舍。无奈之下，小镇上的几家杂货铺商议之后，偷偷达成了一个秘密的约定：不卖蜡烛。

漫步在寂寂的石板街上，想着汉子刚才的一席话，震惊之余，我这才明白，小镇的夜晚原来是老阿婆一个人的蜡烛照亮的。这氤氲朦胧的烛光，弱小如桔，给予世界的，却是无与伦比的美丽和笃定。

我承认我被感动了！

梦境的迷幻中，忽然看见一个女孩正笑语盈盈地从石板街的那端向我走来，给我招手。

"小灯笼?!"

我这才醒悟过来——这个家伙，她在考验我呀！原来她早已等候在这里，或者，她本来就住在小镇上吧？

迎着她的招手，我在长长的石板街上慢镜头地奔跑起来，在美丽的烛光里，赴我们的约会。

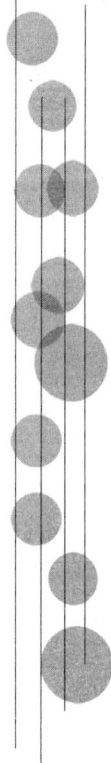

鱼

周末和渔友去褒河水库钓鱼，收获颇丰，大大小小收获了十多条。这些鱼家里根本吃不了，冰箱里早已塞得满满的。古语有，连年有余（鱼），我家可是鱼多为患。老婆骂我窝囊废——这年月，人人都围着钱打转，你倒消闲，还有心思去钓鱼？你以为你是姜太翁啊！

我说，那咋办？总不能扔了。要不，拿到市场上去卖？

老婆又骂我猪脑壳，说这能卖几个钱，不如给你们单位领导送几条。

我说，人家不稀罕这玩意，领导们现在都不吃鱼，吃王八。

老婆说，礼轻人意重嘛，大领导不好意思送，送给那些小领导总该行吧，你可别小看了那些小领导，比太监还厉害呢，他们不给你说好话，你休想有出头之日。

老婆说得在理，我只好照办，找来几个漂亮的手提袋，在里面又装了塑料袋，活鱼活水地给单位的几个小领导送了去。

剩下几条小的，我送了同事。

还剩下几条鲫鱼，本来打算养在盆里给老婆熬汤的，老婆却闻不惯鱼味，更看不惯鱼在盆里游来游去无所事事的样子。

老婆咬牙切齿地说："你以后再钓鱼，再让鱼在我眼前晃来晃去——我就跟你离婚！"

老婆的脾气我是知道的。我明白是什么撞到了她的神经。

我说，好吧，为了我们这个家庭，为了你，为了孩子，我保证以后我也不钓鱼了。让鱼彻底消失在你的视线之外吧。

老婆说："我也不知道为什么，我一看见鱼我的心里就痛。"

我明白，让老婆心痛的不是鱼，而是我。

我说老婆，你就原谅我吧，我保证从明天开始振作起来。这几条小鱼，你要是看着难受，那也送人吧。

老婆摆摆手，示意倒掉好了。模样有点像慈禧太后伤神的样子。

倒掉多可惜呀，我把小鲫鱼装在塑料袋里，领命出了门。

待出门，才发现还没想好要把鱼送给谁？

天已漆黑，往何处去呢？我站在楼道里，看着小鲫鱼发呆。

突然，我想到了我们古人的一句忠告：远亲不如近邻。

那好，就送给邻居吧。

按理说，应该送给隔壁邻居。但老婆教导过的，鱼，预也，谋也，你得先想想哪些人是对你有用的人？在这个世界上，没有好人，也没有坏人，只分对你有用还是无用的人，当对你有用的人多了，你自然很快就会成为有用的人。

老婆都成哲学家了，我再不努力岂不是太笨了。

我在脑子里把一楼到六楼的邻居都搜索一遍，结果比"百度"差远了，没有几个清晰的形象，就别说有用的词条了。也难怪，城市的蜂巢里，咫尺隔壁，谁又认识谁呢？平时连招呼都不打，哪有什么交情。

隔壁男人的形象太猥琐，我不喜欢。二楼的男人倒是气派，目光却也太盛气凌人了。三楼的男人像是个做生意的，早出晚归，行色匆匆，让人摸不着头脑。四楼的老头待人和善，可按老婆的理论，他应该是个无用之人。五楼两口子，给我的印象还不错，男的温文尔雅，女的素雅大方，看上去像是知识分子，应该是有用之人吧。

这样算来算去，我和我的小鲫鱼就游到了五楼。

小鲫鱼当然不知道，它要被送人，因此它在浅水的袋子里依然游得很愉快，让看着的我也愉快起来。送人玫瑰，手留余香嘛。

咚，咚，咚。我斯文而有节奏地敲门。

敲了半天，里面寂静无声。怪事，方才上楼时，我明明看见这家的窗户还亮着灯。

咚，咚咚，咚咚。我稍微用力再敲。

门内有了响动，好像有人在轻轻走动。仔细再听，声音却断了。楼道里的灯也灭了。我只好用脚震动了一下，却显得很粗野，不合时宜。所以再次灭了以后，我就不好意思再跺脚了。黑灯瞎火的，鱼开始在塑料袋里剧烈乱窜，像是在发生一场骚动。

咚，咚咚，咚咚咚。怕室内的人没听清，我增加了敲门的力度。

这时，门里面响起女人的声音。隔着厚厚的防盗门，虽然我看不见

她，但我清晰感觉到了女人的警惕和戒备。（我估计她在猫眼里盯我，猫眼太小，估计她也看不清，何况灯灭着）。

她小声问："哪个呀？"

我说："是我，一楼的，邻居。"

女人问："干什么？"

我说："送鱼。"

"鱼？"女声问，"为什么要送鱼？"

我说："鲫鱼，我钓的，家里吃不了。"

我想，这下女人应该听明白了。我大力踩亮灯，等待女人为我开门。

哪料到，女人细声紧张地对我说："你走吧，我老公没在家，请你不要再敲门了好不好。我不稀罕你的鱼！"

我说，我，我，还没吐出第三个我，女人义正言辞地向我下了逐客令："你快走吧——再骚扰——我可要报警了！"

女人义正言辞，却不得不把声音压得很低，从门缝里钻出来，就有点见不得人的意思了，让我扫兴的心情不免乐了起来：这个女人呀，看来她是多心了，以为我对她有预谋，有欲望。如此说来，老婆的理论还真对，鱼——预也，谋也，欲也，欲望和预谋，都似乎与鱼有点关系。

既然女人认为我有企图，要掐灭欲望，只有把鱼弄走了。没有了鱼，都落得干净。

可，扔了我还是不忍心。我想到了四楼那个和善的老头，于是就和鱼游到了四楼。

老人家胆更小，我怕吓着他，就没有敲门，而是把塑料袋挂在了门把手上。他一开门，自然就会发现。

第二天早上我去上班，刚出楼门，就看见了垃圾堆上有鱼，一条一条，还在跳着舞，似乎在欢迎我，让我去救它们。

我明白，是老人把鱼给扔了。对于老人来说，它们是来路不明的鱼。来路不明的鱼，正直的人是不吃的。

下午我下班回来，又看见了我的鱼。我以为它们被小猫小狗吃了呢。没有，小猫小狗也没有动它们。它们全烂了，烂得很难看，上面歇满了苍蝇。

我这才反应过来，鱼是很容易发臭的！

感谢莫言

下班回来，刚进小区，收废品的斜插过来，笑嘻嘻说，莫言获奖了。

莫言获得诺贝尔文学奖这事，目前是热点新闻，谁谈论都不稀奇。可问题是，我和收废品的不熟，没说过话，印象里只卖过他一次废品，连他姓什么都不知道，他却唐突地对我说这么一句话，莫名其妙！

我以为他和我搭话，是看我有没有废品，直言道，再过些天吧，过些天我指定把废品卖给你就是了。然后推车走人。

走出几步，忽觉得自己的态度过于冰冷了，便接他刚才的话说，是的，莫言是获此殊荣的第一个中国人，可谓全民振奋，举国欢腾，关注度绝对超过了"钓鱼岛"，连日本人都觉得很没面子。

他一听"钓鱼岛"，来了精神，惊奇地说，莫言得奖和日本人也有关系呀？

我笑，没关系。不过今年诺贝尔文学奖的评选中，莫言最大的竞争对手是个日本人，叫村上春树。

是吗？还真巧了！就是说，他把日本人打败了。看来这个莫言还真是厉害。哪里人呀他？

山东高密人。

怪不得，山东没少被日本人屠害过。《红高粱》里就有日本人吧。

话题扯到这个分上，偏了，我立即打住，摆摆手，回家做饭。

吃过晚饭，下楼溜达，在小区门口，又看见了那个收废品的。我眼瞅着别处，打算目中无人越过他。可还是被他逮住了。他一脸兴奋跑过来，笑嘻嘻地说，吃过了？

我只好停下来。

他说，天呀！听说莫言获奖得了750万元的奖金，有那么多吗？那么多的奖金该咋花呀！我一辈子都花不完。

我说，老百姓都花不完。不过，看怎么花，网上传言莫言打算在北京买套大房，结果地产商给他一算，5 万多一平方米，750 万，才能买 120 平方米的房子。莫言自己都吃惊。而且，按照北京市的购房政策，莫言暂时没资格。

莫言都没资格！为啥？

外地人至少居住 5 年以上。

哦，那就不买了呗，750 万在老家花多好。这么多的钱，莫言再怎么不舍的，也会给他家乡人民修条路，建所小学吧。中国人都这样，衣锦还乡，光宗耀祖。好事情。狗日的北京也太讹人了，人家 750 万元的奖金，才换它 120 平方米的房子。傻子才跟他换。你别说，我一个收废品的，穷，没钱，可我家里的房子一楼二楼三楼算下来少说 200 多个平方，如此说来，在北京是千万富翁哩。

我们都笑了。

我扩扩胸，伸伸腿，意思闲聊的差不多了，我要到江边去锻炼。

他看出了我的意思，却没有放我走的意思，继续兴致勃勃地讨论刚才房子的话题，声音洪亮，表情丰富，不时把诺贝尔和莫言加进来，仿佛汉堡和肉夹馍，使过往的居民惊讶不已，或远或近地打量我们。

我想提醒他声音小点，但不好直说，便打断他的话题，笑着问他，我俩又不认识，你为何要找我聊天？

他说，我有事求你。

什么事？我倒吃惊了。

能不能借我莫言的《蛙》看看？

我心里嘀咕，想看，自己买呀。

他补充说，书店里卖完了。

哦，我把这事倒忘了。现在莫言爆热，脱销是很正常的事情。我玩笑着问，你怎么断定我有？他说，我收过你一次废品呀，你家里有那么多的报刊杂志，应该是个读书人吧。

我有些明白了，这个收废品的是个文学青年，或是昔日的文学青年吧。我答应了他，返身上楼去取。

爬楼梯时，兴许楼层太高，楼道又空旷，一步一步踩着自己的脚步声，渐生出一种恍惚感。

心想，明明是下楼去锻炼，怎么又折身回来了？就因为收废品的一

通话？这，真实吗？有些不可思议。

心想，这收废品的也蛮有意思，为了一本书，绕这么大一个圈子，真是难为他了，一般人可做不出来。

心想，借不借给他？一个收废品的，陌生人，合适吗？

心说，只是书而已，又不是其它什么值钱的东西，骗又能骗到哪里去。再者，值得用诺贝尔文学奖和莫言来骗一本书？看在诺贝尔和莫言的份上，就借给他吧，毕竟，这个收废品的并不让人讨厌。

我从书架上找出《蛙》，想想，又抽出一本莫言的短篇小说集。就冲他把我当成读书人，就冲他是文学青年，我也该多借他一本。何况，莫言的短篇小说通透率真，精彩纷呈，应该不会让他失望。

我把两本书给他。他在手里颠来倒去，有些激动，不知所措。

我说，你随便看呗，什么时候看完什么时候还我，不着急。

他继续把两本书颠来倒去，似乎有什么难言之隐。

我说，莫言的小说想象力丰富，又大多是写农村的，你一定会喜欢的。

他终于不再颠来倒去，抱在怀里，愧疚地说，不是我看，为儿子借的。

哦，他儿子爱好文学！我问，你儿子多大了？

18岁。

那应该上高三了。不会耽误学习吧？

我儿子学习很好的，年年都是三好学生，还经常参加各种竞赛，在全校一直是前十名……

看得出，他很为儿子骄傲。我说，你儿子爱看书吗？

他没有回答我，而是若有所思地说：是的，我也在考虑，会不会耽误他的学习？

我忙安慰他，应该不会。学习好的不差那点时间。再者，现在才第一学期，没那么紧张，看点课外书不碍事的。

看他有所顾虑，我说，你拿回去尽管让儿子看，如果他喜欢，就不用还了，算我送他的。如果他不喜欢，方便的时候拿过来就是了。可以吧。我也该去江边锻炼了。

看我真要走了，他连说谢谢，表示一定会还的。

我走出不远，他骑着三轮车又追了上来，车头一拐，俯身问了一句

让我目瞪口呆的话。

他说，你说——我儿子多读书，多练习，将来能得诺贝尔奖吗？

目瞪口呆之中，我算是明白了他心里的想法，也算是认识了这个收废品的，不简单，抱负不小，值得尊敬。有他这份真诚和认真，我反倒觉得好回答了。

我说，莫言是中国人，你儿子也是中国人，他能行，你儿子为什么就不行。一切皆有可能。

他对我的答案很满意，涨着脸，挥挥手，摇摇晃晃骑走了。

他走后，我才反应过来，忘了问问他姓什么。倒不是记着问他要书，而是觉得，既然认识了这个收废品的，最好还是能称呼他。想想，我今天和他认识的途径是多么奇妙呀！如果不是诺贝尔，如果不是莫言，我能和他有瓜葛吗？能知道一个父亲为儿子种下的理想吗？

因此在这个意义上，我也要感谢诺贝尔，感谢莫言。

鸡　蛋

　　鸡蛋是老爷家的佣人。在鸡蛋之前，是他的哥哥鸭蛋在这里帮忙。后来鸭蛋结婚了，父亲就让鸡蛋来顶替。鸡蛋圆圆乎乎的，个不高，大鼻子，小眼睛，两只胳膊出奇地长，据说这是贵人相，但长在鸡蛋身上，怎么看怎么滑稽。鸡蛋习惯把长臂弯着，横在腰边，就像是两把船桨，又像是工具，随时要开工干活的样子，让老爷看了很满意。

　　老爷家当街有一排铺面，几间卖粮食，几间卖布匹。粮食鸡蛋是见过的，不稀罕，那些花花绿绿的布，鸡蛋在乡下没见过，觉得漂亮极了。他最乐意搬布匹，即便不是他分内的事，他也喜欢。他觉得那布匹蹭在脸上的感觉很舒服，滑滑柔柔的，就像是母亲。鸡蛋的母亲在他六岁那年就生病死了，他印象不多，却总能莫名其妙地联想到一些什么。这样想着，他就感觉很轻松，再累的活也不算活。

　　老爷有两房太太，五六个儿子。女儿却只有一个，和鸡蛋差不多大。每天鸡蛋都要套着马车送少爷和小姐去上学，再按时去接。小姐的名字很奇怪，也很好听，叫慕容雪。主人和太太不在时，鸡蛋就大着胆子叫：慕容雪，慕容雪。小姐不生气，反觉得好玩，命令着让他干些爬树掏鸟的事情。鸡蛋像个猴子，即便被小姐她耍着，心里也乐意。有一次，竟闯了祸，小姐故意把自己藏在柜子的上面，让鸡蛋来找，鸡蛋看危险，慌里慌张的，又是搬桌子又是扯凳子，结果把老爷家的香炉给打了。被美美地揍了一顿。小姐躲在老爷的身后偷笑。起初，他还觉得小姐挺可爱，渐渐地，他感觉到了疼，就觉得小姐的笑不可爱了。

　　老爷把他打了一顿，皮肉都开了花。一转眼，鸡蛋又笑起来，抓起眼前的活儿干起来。鸡蛋就是这样，凡事都认为别人是对的。老爷能下得了狠手，完全是自己的错。谁叫自己不小心，打破了老爷家的祖宗。老爷说，这香炉就是祖宗，你懂吗？我们慕容家之所以能有今天的兴旺，

完全是这香炉修来的福，这香炉里缭绕着的是我们全家的仁慈和虔诚。你懂吗？

鸡蛋不懂。鸡蛋不太明白祖宗是个什么东西，对于太遥远的事情，鸡蛋一想起来就头疼。比如母亲，他愈想到她就愈难受，愈想哭。可他像个大人似地斥骂了自己，谁让你自己不小心？哭，你还有脸哭？有吃有穿的，你有什么值得委屈的？老爷养着你容易吗？

把自己骂一顿，鸡蛋感觉好多了，干起活来手脚更麻利了。

太太叫：鸡蛋，给我搬把椅子，我要到花园里去赏花。

少爷叫：鸡蛋，鸡蛋，把这封信送到邮局去，你听见没有？

老爷叫，鸡蛋，快，把马车套好，我要出去办事，快点。

小姐也叫：鸡蛋，鸡蛋，鸡蛋你是个死猪？你听见没有，把书包给我拿到楼上来。

鸡蛋用八只耳朵应着，跑来跑去的，停都不停，把事情干的圆圆满满的，谁都喜欢他，一有事情就首先想到他。他干得愈多，愈好，人们就愈信赖他，觉得鸡蛋确实是个能干又不知疲倦的家伙。

好脾气的鸡蛋，用起来实在是顺手，到后来，连佣人们也离不了他。

鸡蛋，鸡蛋，把木头帮我扛过来。

鸡蛋，把笤帚顺道给我拿过来。

鸡蛋，鸡蛋，你有时间吗，帮我摘摘菜好吗？

鸡蛋再怎么爱干活，却只有两只手、两只脚，实在忙不过来时，佣人们叫，他只是听着，笑，继续忙他手里的事情，孰轻孰重他已经能分清了。

佣人里，有个小厨娘，叫玉兰，就特别喜欢用鸡蛋。刚开始，鸡蛋是忙不过来，后来，接触多了，发现玉兰倒不失为一个好姑娘，胖是胖点，然而心好，绝没有拿他当苦力的意思。在他低头干活时，她还不断看他，仿佛他穿了什么新衣裳，看不厌似的。鸡蛋发现，和玉兰在一起干活，踏踏温暖，就像是被什么东西烤着。起初，鸡蛋以为这暖和，是厨房里的烟火。一次，很晚了，锅灶都灭了，他鸡蛋还没有走的意思，蹲着，继续帮玉兰剥第二天用的葱，剥着剥着，鸡蛋流泪了，玉兰吓了一跳，说鸡蛋你哭什么哭，是不是冷的？说着就脱下外套披在了鸡蛋身上。鸡蛋看着玉兰，说，玉兰，你像我妈。

玉兰的脸一下就红了，不高兴了，说瞎说，再瞎说我撕破你的嘴。

鸡蛋把衣服还给玉兰，高高兴兴地走了。当晚，鸡蛋躺在柴床上，竟然睡不着了，翻来翻去觉得被窝太热。他以前可不是这样，倒头就睡，用另一个佣人的话说，像一头死猪。

后来，玉兰就时常给他留点好吃的。尤其是冬天，很晚了从外面回来，冷得只打颤，他摸到厨房，玉兰总在柴火旁坐着，等着他，然后变戏法似的给他变出一块热乎乎的红薯或几个芋头。鸡蛋幸福地，感激地看着玉兰，他突然惊奇地发现，这人与人之间的关系，除了是干活，还有另一种更微妙的关系，这种关系是一个人不为吃、不为穿，不为衣食冷暖，而情不自禁地想和另一个人在一起，哪怕是随便地说说话，都感觉很新鲜，很幸福。有玉兰姑娘这样对他，他一下子感觉这个世界很奇妙，就像是春天，情不自禁地脱掉了衣服，忘记了自己是个苦命的人。

严格说来，玉兰比鸡蛋还大一岁呢。但鸡蛋有办法，他骗父亲，说玉兰和自己同岁，而且是同月同日生。反正玉兰是孤儿，父亲死无对证。

鸡蛋爹开始不同意，说不行，你们一结婚，主人就不要你们了，看你们怎么办？鸡蛋说，不要了就不要了，反正有的是力气。

说得轻巧？爹批评了他，这年头，能找个吃饭的地方容易吗。你是吃屎的？你动不动脑子？

后来鸡蛋一再坚持，爹也没办法。但爹有个说法，三年内不许干那种蠢事，知道吗？鸡蛋不懂，问什么蠢事？爹骂：你呀，你个蠢货！不懂刚好，不说了，高高兴兴回乡下去了。

还是玉兰机灵。帮鸡蛋解开了爹的难题。玉兰脸涨得通红，说，就是那事，那事。鸡蛋问哪事？你可真啰嗦。玉兰豁出去了，指着鸡蛋的鼻子说，爹的意思，就是不让我们有小孩，爹想让我们多干几年。

鸡蛋笑了。小孩，鸡蛋自己还是个小孩，怎么会去要小孩呢。鸡蛋笑眯眯地问玉兰：怎么个有法，你说说看？

玉兰扑过来扯鸡蛋的嘴，说你坏，坏，你个鸡蛋，你敢坏我就打碎你。

一转眼，玉兰鸡蛋都是十八九岁的人了。老爷当然也知道了他们的事情。鸡蛋曾向老爷求情，希望能留下来。老爷当口就拒绝了，说没有先例，是祖宗定的，佣人结了婚必须滚蛋，再能干的人也得滚蛋。

鸡蛋想，滚蛋就滚蛋吧，总该饿不死人。反正还有半年了，再过半年，他就可以和玉兰睡一起了，像爹说的那样，可以干蠢事了。随着天

一天天变冷，鸡蛋想干蠢事的愿望愈来愈强烈。鸡蛋说，该不会那么巧吧，干了蠢事就会有小孩？玉兰也不是太懂，可她听爹的话，她知道爹对自己不算太满意，她怕万一干出蠢事爹会不要她了，所以她必须听话，把爹的话当圣旨来执行。

有时鸡蛋实在难受的不行，玉兰看着也难受，就让鸡蛋趴在她背上，让他再忍忍，再忍忍好吗，反正我迟早是你的人，到时候你爱怎么着都行。

鸡蛋就忍着。鸡蛋想，玉兰说得没错，她身上的肉迟早是他的，急什么，不过是半年的时间，很快就会过去的。到时候，他还得回到乡下去过穷人的生活，他可得好好疼玉兰，他要和玉兰同年同月同日生，同年同月同日死，穷日子，也要好好珍惜。

腊月里，家家户户都在忙，想着这是最后一次在老爷家过年，鸡蛋干活格外卖力，该不该他干的，都要干。仿佛他才是这个大家的主人。他一边干，一边还要指挥。偶尔小姐来戏弄他，他也不介意，笑着，让小姐站到房檐下，外面风大，雪更大。

小姐要堆雪人，院子里的雪不够，让鸡蛋上房顶，把房上的雪扫下来。鸡蛋二话没说，就搬来一把梯子，蹭蹭蹭上去了，站在房顶上，看着辽远的村庄，白茫茫的，鸡蛋无比豪迈，他大着胆子，把双手握成一个喇叭，对着天空喊：玉兰玉兰，我爱你。玉兰吓得从厨房奔出来，让鸡蛋快下来，危险。小姐不让，说雪不够，还得扫。鸡蛋就举起大扫把，唱起了他们家乡的歌：北风那个吹，雪花那个飘，雪花，那个飘……

正唱得欢，一个趔趄，脚下一滑，鸡蛋重重地从房顶上摔了下来，全破了。老爷让送医院。鸡蛋说，不用了，不用了。鸡蛋知道自己活不长久了。他要人们都回屋里去，他要单独和玉兰说说话。

鸡蛋说，玉兰，幸亏你看得紧，没让我干蠢事，否则，我就害了你呀，玉兰，玉兰我对不起你，我是想和你同年同月同日生同年同月同日死呢，可老天爷不愿意。玉兰抱着鸡蛋只知道哭，满眼里都是液体。突然，玉兰像是想起了什么，开始疯狂地扯自己的衣服，像是她的身上突然刮起了一阵旋风，仿佛她是一棵树，被北风脱光了。

玉兰把自己温热的奶子使劲往鸡蛋的脸上杵，仿佛要给他吃奶，仿佛她的儿子已经饿得不行了，连吃奶的劲都没有了。

鸡蛋晃了一下，又晃了一下，鸡蛋不动了。鸡蛋彻底地碎了！

妖 怪

　　高考失败后心情烦闷，无所事事，我和同村的雪梅谋划去西安打工。她有一个表姐在那里，说可以帮我们找工作。

　　初到西安，闹了不少笑话，连公交车都不会坐，又不会说普通话，走到哪里都遭人笑。使我意识到一个乡下人和城里人的差别有多大，简直就是天上人间，鲜花和牛粪。因为我俩太土气，雪梅表姐在一家超市给我们联系的工作泡汤了。几经周折，雪梅在一家小酒店当了服务员，我在一家翰林饭店打杂工。饭店不大，有两间门面，坐落在一所大学旁边，主要赚学生和老师的钱。

　　当时是冬天，一大早就得起来洗菜洗碗，一直忙到中午 1 点过后，才会消停下来。我的手脚都冻了，干活就不太利索，常遭老板的训斥。晚上缩在被窝，格外想家，常常会流泪。心想同样是人，为什么我的命就这么苦，生在了穷人家，为了挣一点点钱，给人当牛作马还挨白眼。反过来又一想，自己千里迢迢出来，不就是为了挣钱吗？钱哪有那么好挣的？自己没有一技之长，长得也不算漂亮，又土气，有一份活干就不错了，还能奢望什么。

　　开春后，雪梅让我去她们哪里打工。我犹豫了一阵，没去。一方面我已经从客人们那里得知，酒店是个混乱的场所，颜色太多。从雪梅的衣着言行，我似乎也感觉到了什么。另一方面，这里虽然苦点累点，但主要是上半天，下半天还是挺闲的，可以边摘菜便看学校里的学生和老师出出进进。他们都是有文化的人，让人羡慕。有几次，我还梦见自己成了这里面的一名学生，和许多同学在草地上看书，聊天。醒来后自然是失落，但毕竟有梦，对生活还抱有一丝非分之想。

　　每天下午 1 点左右，一位姓苏的教授就会来我们饭店吃饭。这时人已不多，老板便坐下来，没完没了地和教授开玩笑。说苏教授你可真得

找个对象了，在我们这混吃混喝也不是个长法。是不是又起迟了？这样对身体可不好。要不，我给你介绍一位？就怕你看不上……

苏教授六十出头，秃顶，微胖，人风趣，也和善。从他们的谈话里得知，教授刚退休不久，不肯闲着，一直猫夜坚持写书，每天12点多才起床，洗漱完毕，就到我们这里来吃饭。我对有文化的人一向比较崇拜，再者苏教授人也随和，偶尔盐放多了、醋放少了，他也不当着老板的面说出来，不像有的客人动不动就找茬，盛气凌人的样子。所以，有时我会在他要的砂锅里多埋几颗鹌鹑蛋或肉丸，以表示对他的敬意。

时间很快到了秋天。一连几天，苏教授都没来。第四天，他来了。精神不大好，说是感冒了，没胃口，只要了一碗稀粥外加几样小菜。吃饭时，老板又吵着要给教授介绍对象，说四十多岁，银行职员，带个男孩，十二岁。苏教授笑，说别糟践我了，要找，就给我找个保姆吧。老板说，这好办呀，劳务市场上的保姆多的是，就怕你挑花了眼。教授说，我还真去劳务市场看了呢，多归多，可毕竟不知根知底，心里毛，现在引狼入室的例子太多了。

老板把胸膛拍得啪啪响，容易，包在我身上。

教授走后，我的心里就琢磨，觉得是个机会。况且，我的老实和勤恳，苏教授也不是没看见。只是，我该怎么说呢？

第二天，我向老板请了半天假。我守在路口。等苏教授从我们饭店出来，尾随了一段，鼓足勇气，追上去，吞吞吐吐说出了我的想法。

苏教授看着我，半天不说话。突然他说，看不出，你还是个挺有心计的小姑娘嘛。我以为他是在讽刺我，委屈得眼泪都快出来了。他眯眯笑了，好了好了，我就喜欢你们这样的农村姑娘，简简单单的，就像是一件白的确良衣裳。这句话我终生难忘。是我平生听到的第一句赞美。

苏教授的家是一座小四合院，院子里摆满了许多我叫不出名的盆花、根雕，如此幽静的院落，我以前只在书里想象过。

自我来后，苏教授就不出去吃饭了。他喜欢吃什么我已了解得很清楚。我知道他饭量小，就尽量变着花样，米面搭配，营养兼顾。他夸过我一两次，轻描淡写地。我坐在他的对面，低着头，专心吃饭。毕竟，这个院子太静了，就像是在古代。苏教授的儿女都在外地，除了偶尔飞回来看看他，平时，连一只小猫小狗也不曾来打扰。这让我觉得有些别扭。

　　苏教授似乎也意识到了这一点，他把最南端的一间房给我住，还在门上钉了插销。他每敲一下，都像是砸在了我的心上。让我踏实下来的疑虑，莫名其妙地又跳动起来。

　　因为苏教授要熬夜，每晚10点左右，我会给他做一次夜宵。教授交代，做好了打个电话就行了，不必送到他的书房。每次我躺下不久，就听见他的拖鞋声，在厨房里走来走去。有时吃到高兴处，他会情不自禁地唱几句《王秋燕》，然后戛然止住，估计是意识到了我已经睡觉。

　　这样小心翼翼地过了一段时间，我渐渐感到了无聊。苏教授一天的大部分时间都是在书房。而我每天的工作也就买菜洗衣做饭打扫卫生，并没有多少必须要做的活。有时干完活，我就坐在院子里发呆，仿佛自己就是一个无所事事的丫鬟。而我要侍奉的小姐，是谁呢？是苏教授吗？我为这个想法感到吃惊。

　　而且我发现，苏教授已完全没了饭店里的幽默。我们一天也难得说几句话。我感觉到了他的顾虑。我感激他，尊敬他，他是个正人君子，从我看见他的第一眼我就这样认为了。

　　一次吃完午饭，苏教授端坐下来，要和我谈心。他问我有什么打算？我不说话。因为我确实没有什么打算。我连丫鬟都不是。我没有主人，没有任何目的。我不知道我的下一站在哪里，未来在哪里。

　　苏教授建议过我闲了可以看看书，趁年轻多学点东西。这里的书倒是不少，可我看不进去，一看书就发呆，所有的文字都模糊成云团，飘来荡去的，是满腹说不出的迷茫。

　　苏教授看出了我的心思，让我不必自卑，人总得有个目标，凡事须一步一步来，不能着急。她建议我可以参加自学考试，选一个喜欢或实用的专业。我坐在他的对面，听他语重心长地替我分析，打算。在那一刹那，我突然觉得他就是我的父亲。同时又难为情地告诉自己，他不是父亲，她是我的雇主，苏教授。

　　我听从了苏教授的建议，开始自学《汉语言文学》专业。整个冬天，闲暇时我都在看书，而且渐渐从书中读出以前看不见的东西。苏教授呢，有他自己的事情，出版社催着他要一部书稿，内容较专业，属于"研究"之类，我看不太懂，也就不敢贸问，给他吃好穿暖就是了。这期间，我给教授织了件毛裤，按他的要求，用细线织，套在秋裤上薄厚刚刚好。西安的冬天也很冷的，家里有空调，可苏教授不用，嫌空气不好。

他喜欢坐在床上写字，有电热毯，他也不喜欢，而是买来一个热水袋，很廉价的那种，红橡胶的，软软的。每晚做夜宵前，我都会再给他换一次热水。换完水，擦干，再套上一个棉布套子，我抱在怀里，暖暖的，就像是一个婴儿。我把被子揭开，放进去，放到教授的脚边。教授总是放下书本，搓搓手，两腿欢快地登击几下，嘴角裂开，脑门光亮，像个稚气的孩子。

和在饭店时相比，这个冬天已经很温暖了。作为一个单身女孩，虽心存顾虑，但因为我们都忙着各自的事，话不多，却多了默契。春天来临时，我们已能自然相处了。

一天晚上，我做好夜宵，看了一会书便熄灯睡觉。可我并没睡着。我听教授吃完饭，唱了几句《王秋燕》，进了卫生间，开始洗澡。之后很长一段时间没动静。灯却一直亮着，我怕他晕倒，或发生什么意外。考虑再三，我起来察看。门窗上的帘子并没有拉严，我悄悄靠近，趴在玻璃上。我看见了惊人的一幕！

折转身，我稀里哗啦往回跑。紧接着传来教授的一声惊叹——我们都把彼此吓坏了。

躲在屋里，我浑身发抖。我怎么能想到，我一向尊敬的教授大人，怎么会抱着一个虚假的塑胶女人，在那里……我哭了，觉得自己就是那个女人。

紧接着电话响了。我不接。又触耳惊心地响了。我想，如果我不接，教授会不会来敲门？

我接了。是巨大的沉默。我能感觉到，有一种难以启齿的东西正迅速从电话的那一头向我袭来，我大气都不敢喘。最后只听见三个蚂蚁一样的字：请原谅。

第二天，教授把一个大大的垃圾袋故意放在了我的门口。我打开一开，正是昨天晚上看见的那个"妖怪"。泄了气的女人，就像是一张画皮，有些狰狞古怪。然而就是这张皮，在不为人知的夜晚丰满起来，温暖过教授孤寂的夜晚。这张皮，把教授的体面全脱光了。整整一周，因为"妖女"事件，我们都没有说话。似乎是我抓住了他的把柄。可我不想这样。我们都在努力忘掉，忘掉肉体里的那些诡异的花。

为了彻底打破这种尴尬。我向教授请了一个月的假，回了一次老家。走之前，我在冰箱里给他冻了五斤饺子。他去车站送我，临行前，他说

了一句自嘲的话。他说，我希望你回来，又不希望你回来。

他说的，其实也正是我想的。

在这期间，苏教授给我来了一封信。信很简短，却很正式，他说他喜欢的不是"妖怪"，而是我。可他不能让他伤害我呀！我能感觉到，他内心的搏斗。他甚至都没有请求我回去，他更像是在剖析自己，又像是尽力站在一个客观的位置上来分析我们目前的处境。我满脑子都是教授光亮的脑门，和善的面容，以及那个可怕的"妖怪"。

我突然就想起了那个热水袋，红红的，软软的，给了苏教授温暖和满足的热水袋。现在看来，真是个婴儿，是"妖怪"的前身，还是我的前身？

我可怜的教授，如果人能够变，我多愿意我就是那个热水袋。我不嫌你老，我不嫌你胖，我多想唤醒你身上的余温。可我不能回去，苏教授，让我在心里爱你吧。因为在我们之间，有一个"妖怪"。

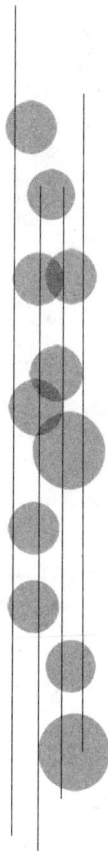

倾 诉

　　没错，我是一个小姐。可我现在不是。我有丈夫，我的丈夫叫张国强，他对我很好，他爱我。他没有多少本事，但他脚踏实地，是我们那个镇上的一个不错的泥瓦匠。他第一次到我那里，像个害羞的小男孩，他已经四十多岁了，个子不高，精精瘦瘦的。我给他解扣子，他拦住我，要去关灯。他是那种凡是都默不作声的人，在生活中也是如此。他不让我干活，他说他养着我。我反问她养得起吗？他笑，挠头。他的手出奇的大，抱着我的时候就像是兵马俑，有一种千军万马的力量。他总是在事后说：哦，原谅我，我是不是把你弄疼了。我是个农民，你是不是看不起我？

　　我说，我也是农民呀。床上的事不分他妈农民不农民，都是挖地的，没有他妈的高低贵贱之分。我知道他是第一次玩女人。我让他放松，把自己看成一个国王。把我看成他的奴隶。是的，是奴隶，将自己看成一个奴隶，对自己，对别人，都是一种解脱。我从来不惧怕粗鲁的客人，我惧怕的，是那种高高在上的优雅。这种的男人我见多了，一个个白白胖胖的，技巧很多，表示他们很在行，其实并没有多少干货，出手也不见得大方。我喜欢张国强的笨拙。他嘴上不说，可他用行动表白了他对我是多么热爱。从他的眼神里，看得出他把我当成了珍宝。他掏出了身上所有的钱，他说他要养我。他不让我以后再干这个了。

　　我反问他：你养的起吗？他笑，挠头。似乎在想办法。我承认，我是开玩笑的，这样的玩笑我和客人们经常开，乐此不疲。然而看着他挠头的样子。我知道自己有了决定。是的，我要嫁给他，让他把我养着。他没有多少钱，可他有手艺。他长得丑，我不在乎。这么些年，我对男人的容貌已经看透。关键是他不嫌弃我，从心里把我当成了女王。我喜欢这种感觉。这种感觉还是在很多年前有过。现在，我又找到了。我要

珍惜。我就嫁给了他。他没有食言，把我侍弄的很周到，他养着我，让我成为一个良家妇女……

可我想说的是我们的后来。

后来，我和张国强过得很好，他确实是个男人，知道疼我，给我买漂亮的衣服，化妆品。他的大方，连我都有些吃惊。你说，一个农民，一个收入并不算高的手艺人，他为什么要把我像阔太太一样供着？我有那么值钱吗？我已经知足。不论外人怎么看。我爱张国强，张国强爱我。我感觉我就要抵达女人的幸福。我决心，要快快给张国强生个儿子。张国强也是这样想的。我们共同努力，奔赴在社会主义的康庄大道上。我们要用辛勤的双手，去描画美好的未来。你不要笑，我确实是这么想的。

我告诉自己，不能再当寄生虫了。必须自食其力。我在镇上的超市找到了一份工作。我开始淡忘过去。努力工作。我发现了一种从未有过的热情。我感觉自己完全变了一个人，对生活充满了信心。我美丽，并且能干，很快就作调到了采购部。然而也就是从那时候起，我发现张国强有了变化。他开始变得急躁，频繁给我播种。他知道我是多次流过产的，希望渺茫。他很急切，又明明知道不是急的事情。时间一长，他的眼神里有了叹气。我看在眼里。也着急，也想尽快给他一个定心丸。我知道他心里想什么。我估计他肯定是听说了什么。他开始把摩托车停在超市边上的角落里，等我下夜班。他从不进超市，他说他不配我。我一次次向他表白，我不会再回到过去。我是真心爱他。可我越表白，他似乎越加焦躁，常常抽闷烟。

好在，我们终于有了自己的宝贝。他开心的像个爷爷。让我立马辞掉工作，回家养着。我反对，我不会再轻易放弃到手的东西，我觉得工作已经成为我生命的一部分。何况这并不矛盾。我把怀孕的消息及时发布出去，就是告诉人们，我真心爱张国强，我不在乎他们怎么看我。可我在乎他们怎么看张国强。一方面，也是想借此正大光明地谢绝单位的一些酒会。我感觉一切都在朝着美好的方向而去。我已经把自己认定成了幸福的女人。我们给宝贝把名字都起好了。我们把房子装修一新。该有的，我们都有了。

可我们的宝贝，在娘的肚子里才待了仅仅五个月，就绝情地走了！大便一样被冲进了厕所！

张国强握紧拳头，老泪纵横。而我在那一刻，就隐隐感到，完蛋了。

蛋和蛋壳都破了。

一个月后，我又开始上班。唯有在工作中才会暂时遗忘宝贝留给我的阴影。然而很快，我发现张国强在偷偷跟踪我。他必定是听见了什么传言。他变得越来越沉默寡言，像一个精力旺盛的特务，除了勤恳地给我播种，他变得越来越烦躁。可他从不对我发火。他继续把我奉为女王。把自己捆得越来愈紧，就像是一头笼中的困兽。他时常叼着烟卷发呆。我知道他在折磨自己。可我束手无策。

我理解他的敏感。可我已不能向他表白。我感觉到我们之间的关系正在陷入混乱。而那些疑神疑鬼的传言，也并非空穴来风。没错，我是经常出差。是有许多男士来勾引我，他们都知道我的过去。我愈逃避。他们越加认为我是假正经。满不在乎又不时殷勤地向我传递暗号。他们的举动倒像是在同情我。

我也开始变得烦躁，动不动就想发脾气。我突然发现，那些过去的东西其实并没有过去。它们很顽强，已经被人们收留了。并且已经不再属于我了。难以摆脱。却确实散发着我的臭味，是一个填不住的粪坑。

流言倒也罢了。很快超市来了一位经理。谁都知道，吴大胖曾经是我的相好，曾经包养过我一段时间。他的到来，闹得沸沸扬扬。我不知道张国强都听到了什么。我打算离开超市。不管吴大胖的到来是出于偶然还是刻意，我都得回避。我以为我能处理好这件事情。可我错了。

现在想来，我真傻，我怎么就没有看出来呢？

那天晚上，早早吃过放，张国强洗过澡，在床上等我。我躺下来，准备接受他疯狂的播种。没想到，他却并没有急着上手，而是拿来一瓶白酒，要和我喝酒。我知道他肯定又是听见了什么传言。我知道他难受。任他喝。反正是在家里。反正我是他老婆，他怎么对我我都毫无怨言。只要他不要再折磨自己。

他把一瓶酒都快喝完了。平时他并不怎么喝酒。我没想到他的酒量竟然这么大。我抱住他，让他不要再喝了。心里难受，就冲我来。他莫名其妙地问我：谁让你把孩子弄掉的？

我以为他喝醉了，在说胡话。宝贝明明是自己掉下来的，从那么高的天上！谁愿意掉？我哭，捶打他的后背。

他把我放下来，开始干活。我发现他并没有喝醉。他的狼腰依然坚挺有力，每一下都到了我的心里。我开始呻吟，把所有的烦劳都抛弃了。

从来闷不做声张国强，似乎也变了个人，对极乐世界发出了粗野的赞美。他喘息着，像个凶恶的杀手那样咆哮：我干死你，干死你。

后来我们都瘫软下来，像两张皮。我搂住他，准备睡眠。他却一骨碌爬了起来，开始穿衣服。仿佛是早晨，天亮了，他要出去干活。我问他，他也不吱声。动作麻利地关上了房门。

他走了。走了就没有再回来。

他把吴大胖杀了。也把自己杀了。

据说他们倒在一起，一胖一瘦，一高一矮，看上去像两个患难的兄弟。

我怎么那么傻？他已经预谋已久，而我却毫无察觉。现在我才明白，那天晚上他为什么干得那么出色。他咆哮：我干死你，干死你。现在我才明白，那"你"，指的是谁。原来他早已偷偷地把吴大胖塞进了我的体内。他为什么要这样？这样对我？

我恨张国强。虽然我爱他，他也爱我，可他却用捆绑自己的方式捆绑了我。他杀了我。再一次把我抛了回去。我是小姐。永远都是！

老人与鸟

北京的儿子打来电话，说他的儿子，也就是老人的孙子，暑假期间要去西藏旅游，返回时会顺道来看他。

老人没见孙子已有些年头了。自老伴走后，家里就一团糟，到处堆的都是孩子们的遗留物。如今四个儿女都奋斗到了大城市，事业有成，过上了体面的生活，用不着他来为他们的前程指手画脚了。

每天除了吃饭睡觉，买点菜，老人大部分时间都在后院活动。说是后院，其实是一块篱笆圈着的泥地。老人住一楼，在后墙上开了扇门，把泥地一分为二，一半种花草，一半种葡萄，到夏天就是凉棚，老人下面放一把躺椅，看看报，喝喝茶，侍弄侍弄花草，日子倒也清闲悠长。

孙子要来，老人有事干了。他把屋里的杂物规整好，在后院忙乎起来。他把花盆都挪开，分了类，按长势和花型重新摆开。屋里多年不用的鱼缸他也洗干净，移到后院，添了几条彩色的金鱼。然后他又找来几个大的空塑料瓶，把淘米水，鸡蛋壳，青菜叶沤着，给葡萄积肥。

老人想的是，让葡萄长快点，结好点，孙子来了能吃上新鲜的葡萄。他把肥料积好，用纱网一过，把黏稠的埋在根上，清的装在喷壶里，当叶面肥。几天过后，觉得葡萄吸收的差不多了，他牵一根软管，搬来梯子，站在高处人工降雨。只一会工夫，沐浴过的葡萄藤就青翠欲滴，凉爽宜人。

一串串的葡萄悬挂下来，就像是一个个拳头，只待发泡变熟了。老人美滋滋的看着它们，透过葡萄叶，可以看见天上翻滚的云朵，浩浩荡荡。老人突想起，孙子小时，有一次要吃饼干，他买回来，孙子不要。他问为啥？孙子哭闹，说不要圆的，要吃方的。现在想来真是好笑，不知孙子还记不记得那些从前的事情。

老人正想得美，扑哧一声，一泡鸟屎落在了他的头上。这是一只八

哥，通身灰黑，它干了坏事，也不逃，只是稍微撤退几步，张开翅膀，呱啦呱啦地叫了起来。老人明白了，八哥想吃葡萄了。老人的牙齿已掉的差不多了，他是不吃葡萄，年年的葡萄最后都进了鸟们的嘴里。老人看着鸟吃，也是一种享受。

可今年不同，孙子要来了，他不能让它们再随意糟蹋。老人拿来长杆，严肃地挥舞着，心里对鸟说，你们忍忍，到别处去吃吧，等我孙子走了，剩下的全是你们的。

鸟们吓了一跳，呼啦啦全飞走了。可过了一会，又忍不住飞回来。老人拿起长杆，做出吓人的样子，还吼了几句秦腔。鸟们就一会前进，一会后退，和老人玩起了游戏。

只一会工夫，老人支持不住了，手卡在腰上，老子，老子不和你们玩了，老子……老人一时想不起，用什么办法来对付这帮贪吃的机灵鬼。毕竟自己这样挥舞着长杆也不是长法。

老人灵机一动，想起了稻草人。他找来许多塑料袋，有红的、蓝的、黑的、黄的、把它们撕开，绑在葡萄藤的顶上，看它们迎风招展。老人想，这下好，这帮兔崽子肯定不敢来了，我就可以安安心心在葡萄架下想我孙子了。

起初，鸟们确实害怕，看见一个个五颜六色的拳头在葡萄藤上挥舞着，向它们示威。可很快，一只从垃圾堆飞来的麻雀道破了秘密，第一个勇敢地冲了上去，从一只红拳头里抢食到了一粒葡萄。部分葡萄已开始泛红，胀胀的，像极了孕妇的肚子。鸟们受到鼓励，哗地刮过去，从那些假拳头里抢食果实。老人吃了一惊，本能地举起长杆。可鸟们不怕，知道追不上它们，轻灵地躲闪着，从一串葡萄跳到另一串葡萄，还不时唧唧地发出尖叫。老人生气了，认为它们太野蛮了，就因为我老了，活动不便，你们就可以欺负人，为所欲为吗？老人又挺起长杆，老黄忠一样发起了神威，把天空敲得啪啪响。鸟们这才四散而逃，看出老人是真生气了。

看着硕果累累的葡萄，老人的心里开始着急。他知道，他是斗不过那些鸟的，他已经老了，而鸟们如此机灵，狡猾。他盼望着孙子能够早点到来。

可八月都中旬了，还不见孙子的影子。老人打过多次电话，儿子总说快了、快了，具体情况他也不清楚，西藏那面山高，信号不好。既然

孩子许诺了的，就一定会去，让他等着就是了。

老人扔下电话，急忙奔向后院，举起长枪向鸟们冲去。鸟们停在不远处的电线上，静着老人，等待时机。它们知道，老人不可能时时刻刻守着他的葡萄，他总得吃饭，总得尿尿。葡萄已经发紫，空气里到处是酸甜的味道。老人有气无力地坐下来，开始有点责怪孙子了。你有时间在拉萨玩，就没时间想想爷爷？为了让你吃到新鲜的葡萄，你爷爷我和鸟们进行了怎样的搏斗，你知道吗？

接着老人又嘲笑自己，孙子有什么错，他远在天边，又没长千里眼，怎能知道这些。他知道的话他早来了。老人想，如果孙子再不来，过几天，葡萄就熟透了，开始往下掉了。

老人的心里其实有一个时间表的，8月28，如果孙子还不来，他就不用再保卫这些葡萄了。这天是老人的生日，孙子应该知道的，即便不知道，他老子不可能不提醒他。因此，如果8月28日还不来，他也就不用再等了。

8月28日这天黄昏，老人的后院里歇满了鸟，像是在进行一场盛大的宴会。老人静静坐在鸟鸣里，心里有一种说不出的失落。老人想，这些鸟，它们从哪里来？它们的爸爸妈妈是谁？它们的爷爷奶奶是谁？它们吃饱了，又该往哪里去？

想着想着，老人觉得可笑。儿子不在电话里解释清楚了吗，说他的儿子，也就是老人的孙子，因为在半途遇到了一帮同学，再加上身上的钱也花的差不多了，所以就直接回北京了，下次再来看望他。这算不算临时变故，老人说不清楚。他只是觉得有些孤单。孤单又无人述说。这一天可是自己的生日呀！有这么多的鸟儿为自己过生日，倒也不失为一种幸福。

鸟们从没享受过这样的待遇，从没见过这么慷慨的人，起初还义正言辞地驱赶它们，原来是要为它们这帮馋猫举行一次盛大的宴会。酒足饭饱后的鸟们排在葡萄藤上，精心梳理羽毛，赞美着老人，久久不愿离去。

老人站起来，双手举起来赶它们回家，意思不用来感谢我这个糟老头子，不用这么深情地陪着我。回家去吧，回家去吧。老人想起小时天黑后，小朋友们散场时喊叫的那一话：各回各家，各找各妈。

一句话，老人的眼睛就汹涌浑浊地热了。他胡乱地抹两下，一屁股

坐下来，心里反倒轻松了。明天、后天，他都无需再受困了。他又可以像从前一样安闲地坐在葡萄架下，喝喝茶，看看报，听鸟儿们说话、唱歌，他再也不会驱赶它们了。它们也会变老，会有一天飞不动的。它们多好，是一群无忧无虑的畜生！

地下一片狼籍。老人蹲下来，把那些掉在地上的葡萄一颗一颗捡起来，盛在碗里，好在以后没有葡萄的日子来喂给鸟们。

然后，老人就感觉到了夜风的凉。他提醒自己，赶快进屋去吧，像儿女们叮嘱的那样，要保重身体，爱惜自己，生病了，可不是好玩的。

进到屋里，老人脸也顾不得洗，就把电话给拔了。因为电话一直在响，一直在响，响得他心烦。他知道是儿女们打来的，今天是他的生日，他们自然是要给他祝寿的。往年，他还盼望着这个晚上的热闹，会同儿孙们走马灯似地说到深夜。可今天，老人感觉完全不同，他和谁都不想说话。他觉得说话很没意思，很寡淡，还不如鸟们的小眼睛有意思。

当然，这是冠冕堂皇的借口。更歹毒的意思是：你们不是说我脾气怪，老小孩嘛，我就要任性。我不接，偏不接，就是要急急你们。

老人蒙头钻进被窝，以为这样会好一些。可他依然是翻来翻去睡不着。他的耳朵里一直有电话的铃声。这幻听追着他，使他在被窝里蜷得更紧了，就像是一个做了亏心事无处可躲的小偷。

意见箱

因为我发表过一些文章，在倒了十几年的夜班后，领导慧眼识珠，把我调到了厂党委宣传部。工友们都夸我，说我功夫不负有心人，凭着自己的努力，总算是谋到了一个轻生体面的职位。我满脸堆笑，欣然接受他们的祝贺和羡慕。

和车间比起来，宣传部的工作悠闲多了。然而一旦忙起来又非常紧迫，如同台风来临，必须刻不容缓地运动起来，轰轰烈烈地有所应对。就说昨天中午吧，突然接到电话，说市上领导明天要来我厂视察工作。

厂长把我们宣传部的人召集过去，要我们严阵以待，立即行动起来，写标语，挂条幅。并吩咐各部门全面细致地打扫卫生。

忙到快下班。门卫老刘过来汇报，说挂在门口的意见箱风吹雨淋的，已经破烂不堪，实在有碍形象，要不要摘下来？

部长让我去请示厂长。厂长果断地说："不行，在任何时候，民主不能丢嘛。"

我说："现在重新做一个，怕是来不及了。"

厂长说："这么吧，取下来，重新刷一遍油漆。"

我如实汇报："老刘说，那意见箱上的锁已经锈成了铁疙瘩。"

厂长手一挥，"砸了，换把新的。"

我赶忙去照办。连砸带撬，意见箱终于打开了。多年不开，里面竟成了虫子们的乐园，狼籍不堪。令我吃惊的是，里面竟然有很多信。一直以为意见箱只不过是个摆设，没人当真的，居然还真有主人翁精神的人！

我大致看了看，各式各样的信封都有，都是写给厂长的，有的还特别厚，里面像是装着什么材料。因为多年不见天日，都潮乎乎的，粘在了一起，被虫子一咬，就像是一堆破棉絮。

我不敢擅自处理，请示部长，要不要给厂长拿过去？

部长抽闷烟，不说话，一副深思熟虑的样子。

考虑了好半天，部长徐徐说："这可都是宝贝，是我们厂第一手的'民主与自由'，不能扼杀。说不定还要保存呢。拿过去。包好给厂长拿过去。"

我一路小跑，又来到厂长办公室。厂长正在看厂区地图，挺肚叉腰，夹支烟，像个运筹帷幄的将军。我不敢贸然打搅，小兵一样肃立在门口。

厂长突然扭转头，注视我。

我把包好的"民主与自由"呈递上去，等待处理结果。

厂长显得很生气，皱着眉说："都脏成这样了，还拿来干什么？扔掉！"

我抱着"破棉絮"灰溜溜地退了出来。刚走几步，厂长又把我叫回，示意我放下，先去忙，还是由他自己来处理吧。

我舒一口气，及时向部长汇报完情况，便去收拾那个破烂的意见箱。一直忙到了晚上八点多。重新油漆换锁后，意见箱焕然一新。我把新意见箱挂在厂门口最醒目的位置，左看右看，堂堂正正地，确实是好看。

我回到家，才准备泡碗方便面，厂长打来电话，问我意见箱处理好没有？我说漂亮极了，草绿色的，比邮局的邮箱都气派。

厂长说："气派就好！……"我美滋滋听着。

谁知，厂长咳嗽一声，话锋忽转，要我辛苦一下，再加一会班。

"还有什么工作？"我请示。

厂长说："意见箱不是摆设，不能空着呀，总的装点民意呀。万一市上领导哪根筋不对了，盯上了，要打开……"他也是刚才才想到的。

我明白了。还是厂长考虑事情周全。只是，要什么样的民意呀？

厂长笑："民意嘛，有批评就有表扬，随便写几封就行，就那么回事嘛。"

我笑口答应。挂完电话，犯愁了，知道今晚是甭想睡觉了。

随便写几封。说得轻巧，是随便写的事情吗？这一点我还是非常清楚的。

我拿出纸和笔，很严肃地开始工作。可即便我绞尽脑汁，脑子里依然是糊糊，怎么写都不对劲。我感到自己像个蠢材。而时间一分一秒在流逝，催促我。我终于意识到了宣传工作的难度。而且对我来说，仅仅

是刚刚开始。

我陷入困境，被一种无形的东西网住了。即便他们都夸我是写文章的高手。即便我清楚这不过是一些无用的东西。然而我又不得不提醒自己，这很重要！

百姓服

年底了，单位要参加市里的春节文艺汇演。厂长说了，要好好排练，争取拿奖，为厂里争光。

厂长是行伍出身，对部队题材情有独钟。最后敲定，排演革命戏。

按厂长的意思，人要多，要大气磅礴。经费不成问题，厂里再怎么缺钱，不差这一口。要所有职工高度重视，踊跃报名，认真排练。待遇吗，按加班算，而且是现钱。

报名的人就特别多，叽叽喳喳的很是热闹。经过一番刷减，厂长最终确定了一个三十六人的排练阵容。因为平时都是把床子的，基本功差，尤其男职工，硬胳膊硬腿的，动作僵硬又滑稽，排练场上乱糟糟的，一派热闹嬉笑的景象。

有人就抱怨了，说人太多了，多了就容易乱，集体舞最讲究的是整齐，完全不必这么多的人嘛。又站在厂长的角度上说，人少了，你不加班费也掏得少吗？

厂长大手一摆："不考虑这个因素，既然要排练，就不能小家子气，就要显出我们工人的豪气。人多力量大嘛，就这么定了。六六三十六，刚好一个方阵，水浒里不也有三十六条好汉吗？大家好好练，动作硬没关系，一定要服从命令，整齐了自然就有气势。"

之后，厂长从市里高薪聘请了一名专业的舞蹈老师，戏的排练过程基本顺利。

只是，到彩排阶段，发现服装有些困难。戏主要由三部分人构成，一部分八路军，一部分国名党，一部分穷苦百姓。总共三十六人，就需要三十六套专业服装。厂长派人去市剧团租，国民党的和八路军的服装勉强可以凑够，但百姓服却只有一套，而且是女式的。戏里的百姓共有八人，六男两女，没有百姓服，这"苦日子"可咋演呢？舞蹈老师建议，

去周围农村找找吧，看有没有什么压箱底的旧衣服，凑合凑合。然而如今生活好了，农村哪里还有那种过时的带补丁的衣服？

厂长到底是厂长，如此棘手的问题，他也自有办法。据厂办秘书晓光说，厂长与时俱进，要从网上，让专业的服装厂给订做，只是价格不菲，也就是带补丁的旧样式衣服嘛，竟然和名牌时装一样贵，狗日的真讹人呀！

有人就向厂长求证这件事，并贴心建议，还是不买的好，不就是几件旧衣服嘛，实在找不到，把好衣服剪剪，缝缝补补，不一样可以演活"穷日子"吗？

厂长雷厉风行地说："你懂个啥？舍不得孩子套不住狼，这次观看演出的是市里的主要领导，马虎不得，再贵也得做。"

当几百块钱一件的百姓服从首都北京邮寄回来，所有参演人员都激动不已。然而打开包装一看，却着实失望，也就是电影电视上常见的那种灰土土的东西。几个泼辣的女职工便抱怨了，说早知如此，还不如让老娘包了，我就不肯信我做不出这么一堆破玩意。大家都不接话，脸上表情怪怪的，又像是若无其事。

厂长知道后厉声说："破烂怎么了？这是真实的历史。我们要发扬革命先辈艰苦朴素自力更生的优良作风，我们为此付出点有什么值得抱怨的，真是头发长见识短，我们演出的目的是什么？还不是为了证明我们今天生活的幸福和美满？"

都热烈鼓掌。加紧排练。

最终，不负众望，我们的节目得了个一等奖。

回来的车上，厂长满脸不悦，一个劲地抽闷烟。他实在想不到，有人会在领奖时向市领导告他的黑状，说什么厂里目前困难的连工资都发不下来了，还高价从北京买回这么一堆破玩意。奶奶个腿，真是吃了豹子胆了！自己这样做，不也是为了工厂的发展吗？岂有此理，这个人一定得查清楚。

负责后勤的李娇媚不知情，兴致勃勃去请示厂长，问这些从北京买回来的宝贝是否要打包收存，下次演节目再用？

厂长咆哮："垃圾，扔掉。"

锻工老秦

老秦是一名锻工，长得五大三粗，嗓门也粗，有着那么一股豪迈的男子汉气概。由于家住农村，老秦天天风风火火两头跑，平时又不注意着装，便有几分农民相，工友们送他绰号"土豆"。

老秦不生气，玩笑着说，土豆怎么了？土豆实在，营养丰富，吃了力气大咧！

没错，老秦的力大是出了名的。厂里每遇谁家搬家，老秦是少不了的，那么沉的冰箱，老秦一个人就下楼了。不是背，而是抱着下楼。工友们赞美的同时，也打趣他，说这"土豆"蛮力就是大，不知平日里怎样抱嫂子呢？再泼辣的女人，也经不起他粗犷的搂抱呀！

女工们盯着老秦，欣赏他身上累累的肌肉，只是由于不熟，不便开玩笑，在心里揣测老秦老婆的模样。

我进车间那年，老秦就是锻工组的组长了。简单说来，锻工就是打铁的。不过用的是锻床，很高大的那种床子，伸出来一个铁拳头，力气大，声音也大，属于高温高噪音，工作环境相对较差。但在土豆老秦看来，算不得什么苦，比起农村的那些力气活，轻松多了。因此二十多年来，锻工换了一茬又一茬，土豆老秦却一直雷打不动，成了我们车间名副其实的元老。

老秦司锤掌钳样样行。按理作为老工人，完全有资格不去干那些搬料扒料的苦差事，可老秦不计较，在锻床上操作一会，就会把某个徒弟叫过来，叮咛一番，然后自己猫在彤红的闷炉口，用一根长长的铁钩从深长的炉膛里往外扒料。料是大料，铁钩进膛时间一长又会变红发软，铁对铁，钩起来并不容易，除了技术要好，力气是毫不含糊的。只几分钟，老秦额头上、脖子上就有了汗。老秦每次这样出大力，其他闲着的工人就会过意不去，于是有人会在适当的时候吼一声："土豆，脱衣服。"

意思是让老秦歇一会，顺便也欣赏一下他健美的身躯。好身体总是迷人的，不分男人和女人。另外老秦本就有出汗脱衣的习惯，虽不符合规定，但热起来了谁又管得了那么多。老秦瞅瞅没领导，扔掉铁钩，剥掉工作服，露出那身已穿了多年的蓝色老式背心，蹲在过道的通风处乘凉。背心的好处就在这里，贴心、线条简单，提不了品位，却也藏不了假，好身板自会脱颖而出，让人眼前一亮。通常这时，有人就会给老秦发烟，玩笑着捏老秦的肌肉，说老秦你这人多好，这么棒的身体，娶个农村媳妇实在是可惜！如果给城里女人当鸭的话，肯定能赚不少的钱呢！玩笑过后，会略带同情又诚心诚意地劝老秦，说你一大把年纪了，也该离开这个鬼地方了，难道，你还真想干到退休的那一天，把自己的耳朵震聋了，把好身体搞垮了才甘心？

大家这么说，是因为在我们车间，凡是干了二十年以上的人，身体各个方面都会落下毛病。尤其去年，两个四十出头的炉前工先后得了重病，有个在医院里没活过三个月就去世了，让车间的人很是伤感，意识到恶劣的工作环境对身体的伤害是多么残酷！也正因为此，上点岁数的工人，会找各种理由调离此地。可土豆老秦似乎不在乎，别人劝他，他笑而不答，谁也不知道他心里究竟是怎样想的。

有人分析老秦人老实，懒得求人。有人说老秦的儿子在上大学，家里缺钱，自然不舍得离开这高岗位的地方。有人说老秦的老婆能干着呢，种着一大片桔园，收入一点也不少，老秦不愿离开，兴许——是因为"那件"事情吧？

"那件"事情发生八年之前。当时老秦还年轻，和他搭档的是一个叫郭强的青工。郭强为人豪爽，爱喝酒，爱钓鱼，常请老秦到家里喝几杯。老秦过意不去，找机会给郭强家干些搬煤块换煤气罐之类的力气活。郭强老婆看老秦这人实诚，有什么用不了的东西就送给老秦。郭强的儿子正淘气的年龄，需要玩伴，可郭强大大咧咧，和孩子待时间长了会烦，老婆又不让他打麻将，便喜欢上了钓鱼，一到周末就往外跑。老秦每次上郭强家，除了带点新鲜的蔬菜，也会给郭强的儿子带些自制的小玩具，比如木头枪、泥娃娃、竹哨之类，皆是城里孩子稀罕的玩意。小家伙很快就喜欢上了老秦这个大个子，稚气地叫他"大力士"叔叔。时间一长，传出了闲话，说郭强的老婆和老秦好上了，有那么一腿。起初郭强不信，假装不知道。但经不起别人议论呀，毕竟这对他来说是一件很吃亏的事，

关系到一个男人的尊严。朋友妻，不可欺。被欺是极大的耻辱，岂能无动于衷？

老秦呢，住农村，本就是圈外人，风言风语他也不知道。后来知道了，却因为两人天天在一起上班干活，有些话反倒不好说。说也说不清楚呀。

有那么一段时间，郭强心情郁闷，上班没劲，老秦便让他打下手，或是干一些轻省的活路。谁料到，有一天，郭强硬要上锻床，和老秦打铁。老秦便掌钳，让郭强司锤。打过几个圆件后，郭强提出换一换，他来掌钳，老秦司锤。结果打着打着，郭强手上不稳，老秦一锤下去，赤红的锻件嗖地一声从铁钳里飞了出去。随后大家发现，郭强已倒在血泊之中，当场丧命。

此事很快成为轰动一时的新闻，被人热议。老秦难受得要死，他把一块烧红的铁放到锻床上，什么夹具也不用，一锤下去——他倒要看看，这畜牲会往哪里飞？结果那铁块乖乖地，不往东也不往西，紧紧粘在铁台上，像一块火红的烧饼。

郭强父母多次闹到车间，要老秦赔命，说他狼心狗肺，是郭家的仇人。后来厂里出了一大笔安葬费，这件事才算了结。可有关这件事的传闻，却一直没断过，成为职工们口袋里的瓜子。郭强的死，到底是偶然事件？还是另有隐情？一直是人们热衷的一个的话题。

老秦从此变得寡言少语，铁一样冷峻，从不主动和工友们说工作之外的话题。大家理解他，也畏惧老秦的蛮力，尽量小心，不去燎他的伤疤。

可老秦越忌讳，似乎那件事就越蹊跷，顽强地长在了人们的心里。八年过去，郭强老婆为什么一直不嫁？这与老秦有关吗？怎么个关系法？对于这些疑问，工友们一直津津乐道，然而土豆老秦却从来不予澄清。倒是有一次，车间会餐，老秦酒醉后说了这么一句话。他说："打死我也不离开锻工车间，如果我离，离开了，就会觉得自己是个罪，罪人。"

老秦的这句醉话，到底是怎样的逻辑？我们一直在揣测，却始终不能明白。

辞退民工王结实

让王结实万万没有想到的是，有一天他会突然失业。

他干得是车间最脏最累的活，而取得的报酬，只一个正式职工的四分之一。车间所有的人都对他很满意。谁都可以大声吆喝他，而他似乎也不去计较自尊心，小眼睛弯弯地笑着，一副爱岗敬业的样子。

矮小的王结实，长得一点也不结实。一副娃娃脸，脸上再加上一块烫疤，说话又有点结巴，就有了几分滑稽。人们取笑他，他也不在乎，乐呵呵地笑着，听你摆忽，使你觉得自己也是个人物。每次涨工资，当人们议论起工龄，个别人就会沿着自己的心情突然惊叫：狗日的王结实，工龄都二十多年了，也算车间的元老了，如此算来……

王结实任他们去算，干干净净地听着，从来不吐露怨气，把这可恶的红气球刺破。也不去怀疑他们的同情心里裹着的真实用意，仿佛讲的是另一个王结实，与己无关。

勤勤恳恳的王结实，按时上班，按时下班，还穿着一身工作服（是职工们送他的），在车间里忙出忙进，把各种各样的铁块搬来搬去，兴致勃勃的样子，一点也不觉得枯燥。或者说，王结实就是一块乐呵呵的抹布，他走到哪里，哪里就变得整洁、干净。这样一块抹布，脏是脏的，有点土气、难看、有碍于企业的形象，然而廉价，经久耐用。拥有他的人是一种福气。

这么多年，车间的民工来了走，走了来，一直雷打不动的，也只有王结实。于是你会发现，王结实的痴笑里，其实是有着一种自信：只要他自己不提出辞职，就会永远拥有这份工作。仿佛拥有真理一样，任何人都不可能找出辞退他的理由。

然而，情况还是发生了突变，让所有的人都意想不到，包括车间的领导。因此，当车间领导把他叫上楼，告诉他他被解雇了时，简直就是

个噩耗，他吃惊地定在那里，张大嘴，反复问：为什么，为，为什么？脸涨得通红，很伤自尊的样子。

车间领导不便多说，只是一再地肯定他的工作，表明和他站在同一个立场。只是，每个人都有难处，领导也不例外呀，领导的上头还有大领导，小领导得听大领导的话……并反复强调：你要理解，我们之所以忍疼割爱，也是没有办法的事情。说着，从柜子里拿出一双几乎是崭新的皮鞋，要送给王结实。

王结实不理解，怎么会是没有办法的事情？他这样一个小人物，怎么会惊动公司领导？他从来都没和公司打过交道，一直认为自己只是车间的人。然而他知道，公司领导的话就是圣旨，是不能更改的。王结实一下就泄了气，不再问为什么。他甚至有点感激车间领导，如此掏心窝地和他说话，还要送他东西。看来，被辞退，真的不是自己的原因。既然是别人的原因，既然事已如此，他也就不想多说了。郑重地，王结实双手接过皮鞋，仿佛是一个纪念，有了几分珍贵，装载了所有对他的认同和留恋。王结实把皮鞋抱在怀里，心情反倒轻松了，和车间领导握过手，下楼去了。

民工王结实的离去，让所有的人都感到惋惜。谁都知道，以后再也找不到这样吃苦耐劳爱岗敬业廉价便宜的好劳力了。

老实的王结实，他哪里知道，辞退他的真正原因，其实是要保护他的合法权益的新的《劳动法》条例。因为穿上新衣的他，无疑会给公司带来不必要的麻烦。因此就不难理解，王结实他为什么始终都不能理解，车间领导反复强调的那句话：你要理解，我们之所以忍疼割爱，实在是没有办法的事情！

难道我是真的生他的气了

单位效益不错，时常会有一些私人聚会。

老王和老张的关系一直不错。以前曾在同一个工段，后来老张高升了，调到另一个工段当调度，工作上的来往相对少些，但还是属于同一车间。

这天，老丁打来电话，问老王："老张明天晚上请客你去不去？"

老王问："什么事？没听说呀！"

"噢，没给你说是吧。"老丁挂了电话。

老王想："能是什么事呢？该不会是什么大事吧？忘了随礼可不行。"

老王反打给老丁，问究竟有什么事情？

老丁神秘兮兮地笑，说哪有什么大事，私人聚会。末了，老丁纳闷，"不对呀，你们关系一直不错，老张是不是忘了？兴许还没来得及给你说吧。"

"也许吧。"撂下电话，老王摇摇头，觉得老丁这人没意思。私人聚会嘛，人家老张爱请谁请谁，自己又怎么会在意呢？然后老王把这件事情就忘了。

过了几天。车间的老胡给老王发烟，闲聊。突然问："老王，那天老张请客你怎么没去？"

老王说："没给我说。"

"不会吧？他怎么会不给你说呢？你俩关系不错呀。"老胡瞪大了眼睛。

老王笑："谁知道呢，也许与咱们工段没关系吧。"

老胡来了劲："怎么没关系，咱们工段的庞调度，刘组长都去了，连你们组上的小郭都去了你不知道？"

"是吗？"老王难为情地笑笑，想走人。老胡挤住，头头是道地要和

老王分析分析。

老王把烟一掐，嘲笑老胡："你累不累？不就是私人聚会吗？有什么好分析的。"然后拍屁股走人。

都走出了一大截，老胡追上来，头偏着，食指枪口一样一本正经地对着老王："老实说，你真的不生气？"

老王笑笑，走了。

一个月之后，老王在年底的评比中得了个先进，厂里奖励了他500元。按常规，是要请客吃饭的。

老王不在乎这几个钱，决定在周末的时候请大家。

老丁凑过来，给老王发烟，嘿嘿笑："请我吗？"

老王也不客气："你都说了，我不请你得行吗？你可真是个吃百家饭的主！"

老丁笑："那是，我是济公，哪里有聚会哪里就有我嘛！"欣然接受老王夸奖式的批评。

突然，老丁神秘兮兮地压低音量："那，老张你请吗？"

老王说："你说呢？"扔下老丁走了。

一路上，老王都在想老丁的那句话："是啊，请不请老张呢？"

在以前，这可从来不用考虑呀！请与不请都是顺理成章的事情。现在经老丁的砂轮这么一打磨，老王有些犹豫了。毕竟，人家老张上次并没有请自己，再说了，这属于小范围的请客，把老张叫上了，其他的人怎么看？会不会有拍马屁的嫌疑？

思忖再三，老王没有请老张，还是以组上的人为主。他相信人家老张也不会没素质，为一顿无关紧要的饭和他计较的。

饭局刚开始，老丁神秘兮兮地把老王拉到一边："你，你真的真的生老张的气了？"

老王白了他一眼："有这么严重吗？"

老丁说"你不请，总得有个道理吧？人家可是调度，和你关系又一直不错，你这样做……"

老王不想再听他啰嗦，招呼众人吃好喝好。

饭局后回去的路上，老胡凑过来，再次把食指变成手枪对准了老王的脑门："承认了吧，我说的没错吧。"

"承认什么？"

"你生气了?"

"生谁的气?"

"老张呀!"

"我生了吗?"

老胡一脸诡笑:"你生没生你自己不知道,这不明摆着吗?"

一晚上,老王都没睡好。他开始怀疑自己的做法也许真的有些欠妥。是啊,反正是请,多一人少一人又有什么关系呢?难道,自己真的是有些小心眼了?

第二天,在厕所门口,老王看见老张过来了。掏出烟,主动迎上去寒暄。老张抽了几口,说他实在不行了,要如厕。丢烟的瞬间,老张说:"你们昨晚吃饭就用这烟!"

老王纳闷:老张说这话什么意思?

难道,难道他是真的生我的气了?

难道,难道我是真的真的生他的气了吗?

哥俩好

小郭和小胡住同一栋家属楼，而且是同一个单元。因为两人都爱下象棋，棋艺又相当，两人的关系就密切起来，以哥们相称。周末时免不了杀上几盘，再喝几口酒，单调的工厂生活倒也有了几分悠闲和自在。

他哥俩下棋，两家的孩子豆豆和皮皮也就在一旁玩，闹闹腾腾的，狗一样招人嫌。就训斥道：去去去，去健身广场玩去。

再不走，小郭或小胡会掏出块八钱，恶狠狠地说，买吃的去！天不黑别回来。

俩小家伙飞快跑去超市。然后油嘴麻花叽叽喳喳地去了健身广场。

健身广场不大，然而设施齐全，又没有外来车辆，孩子喜欢，大人放心，不像市区的孩子玩耍时还需要家长跟着陪着。

这天，俩小家伙又在一起玩，疯跑了一会，坐了会滑梯，在长凳上歇了下来，有一句没一句地说起了学校的事。俩小家伙同班，都上二年级，豆豆学习好，声音就大，可皮皮个子高，力气大，说着说着不知哪句说毛了，竟动手打了起来。

等小朋友把他们的爸爸唤来，皮皮的小拳头依然挥舞着，武松打虎似地把豆豆压在身下狠狠地捶。

小胡一看自己的儿子被打——那个气呀！虽然小郭劈头就给了皮皮一巴掌，但他还是忍不住发话了，义正言辞地训斥豆豆：你没长手呀？别人打你，你就乖乖地趴在地上，你是猪是不是？

话一出口，小郭脸上挂不住了，对皮皮又是一顿打，然后抓住哇哇大哭的皮皮气哄哄地走了。

这下反轮到小胡脸上挂不住了。小孩子嘛，哪有不打架的，何况皮皮并没有没把豆豆怎么样，拳头野蛮，却处处落在衣服上，并没有往脸上去。小胡说这话的意思，并不是特别针对打人的皮皮，而是气不过儿子任人打骂的窝囊，从小这样，大了怎么办？——还不是处处受欺负？这样一想，才忍不住说了出来，目的是教训儿子要有保护自己的意识，并非故意甩话给小郭听。

事后，俩孩子回去再给自己的妈妈一学，两家的关系就明显疏远了。小郭和小胡见面虽然依然发烟打招呼，却再没有在一起下棋了。

小胡两口子是大学生，儿子学习又好，这件事提醒了他们，不能再和淘气的皮皮在一起玩了，近朱者赤近墨者黑，这道理他们是很明白的，因此不止一次地告诫豆豆，以后少和皮皮玩，免得他再打你，听见了吗？

豆豆不去找皮皮，皮皮却忍不住要找豆豆。有一次，皮皮拿着一包干脆面去找豆豆，小胡告诉皮皮，豆豆去健身广场玩了。小郭站在窗前，看儿子傻乎乎地向健身广场跑去，心里气哄哄地——不玩就不玩，有什么了不起，不就是臭知识分子嘛，口是心非！因为小郭刚才明明听见豆豆在家说话的声音。

于是小郭也就好不客气地警告儿子，以后不许再和豆豆玩，要是让我看见，看我怎么揍你！

之后的日子，倒也相安无事。

这天，放学路上，豆豆正在前面走，皮皮跑上来，拿出一个柳哨晃了一下，然后递给豆豆，说是他爸爸做的，声音可大了，让他试试。豆豆觉得很稀罕，皮皮就送给了他，说明天让他爸爸再做一个就是了。

豆豆看皮皮对自己如此好，忙翻出文具盒拿出一个"熊大"的橡皮，说是他舅舅在香港迪尼斯乐园给他买的，他有"熊二"就够了，把"熊大"送给了皮皮。

俩小家伙一路说说笑笑，勾肩搭背地往回走。猛一抬头，到楼下了，小哥俩立马拉开了距离，挤眉弄眼地低声叮嘱对方：回家千万别告诉父母！

怎么办

这是个四十出头的女人，手里拿着一份表格，一进来就和我套近乎，没话找话地聊了起来。

寒暄过后，她详细说起她以前在哪个车间哪个部门上班，干得是什么工种，后来因为什么事情，又调到了另一个车间，现在不经济危机吗，下岗了，哎！各行各业都不好混呀……

说着她笑眯眯地把表格悠然地递给我，要我给她盖章。

我相信她说的都是真话，可公司这么大，我对她的情况一无所知，我得查阅底账。

她见我去拿工作簿，干脆地说，没问题，真的是下岗了，翻那玩意多麻烦。我说，不麻烦，干得就是这工作。

她见我真翻，急了，态度诚恳地说，别翻了，翻也是白翻，我实话告诉你，我是车间内部下岗，你的底子上肯定没有，你就给我盖个章吧，我不困难，能来求你吗？

我明白她的意思，只要我盖个章，就能证明她是下岗困难职工，就可以拿到公司每月一百元的补助。可问题是，内部下岗属于车间内部行为，按道理是不允许的，车间没有上报，就不能享受公司的补贴待遇。

她据理力争，说内部下岗也是下岗呀，不是下岗职工她能领到表吗？

我说，表可以复印，这说明不了问题。既然你想享受待遇，叫车间报上来不就是了。她嘴一撇，说如果报到公司，就要每周到人劳科报到一次，她哪有时间，谁愿意干等死耗？她还得出去找份工作呢。

我双手一摊，表示爱莫能助。

她的脸立马拉了下来，气哄哄地说："你这人怎么这么死板呀！我费了这么多的口舌，你……"

我也来气了。我怎么了？我只是个照章办事的小人物，我凭什么受你的气？我说，你走吧，我还忙着呢。

她见我彻底把她回绝了，呜的一声哭了，一把鼻涕一把眼泪地哭诉起来。她说："你这个小姑娘呀，等你结婚成了家，到了我这个年龄，你就知道了日子有多么不容易，我上有老下有小，婆婆瘫痪在床，老公有糖尿病，儿子没工作，我又动过手术，家里处处都需要钱。没钱我怎么办呐？我要不是真下岗了，真困难，我会这么孙子似地求你吗？"

她一边哭诉，一边撩起衣服，让我看她腰上做了胆结石的伤口。她哭诉的架势，似乎这一切都是我造成的，至少应该对她表示同情。

我开始感到了是在受折磨。

我想我是不是真的就是一个冷漠无情的人？我有点动摇了。其实给她盖个章，也就一秒的时间，神不知鬼不觉的。但我不敢保证，会不会有和她情况类似的人也接踵而来呢？那时我该怎么办？领导怪罪下来，我又该怎么解释？

情急之下，我从自己兜里掏出一百元说："这章我真没法盖，钱你拿去吧。"她愣住了，大声说，"我不要。"然后哭着扭身走了。

她走了，我的心里很难受。我相信她是真困难，也是真下岗，可我这样的小人物，我得保住我自己的饭碗、不被下岗呀。我只有办事的义务，没有决定的权利。我心想，现在这下岗困难职工怎么这么多？而帮助困难职工的钱又怎么这么少？一百元，一百元现在能干什么？何况她连一百元也领不到呀。

她走后，我一直在想，如果我到了她这个年龄，或者换了我是她，我该怎么办？

因为你

张斌是个年轻帅气的小伙子。上大学那阵，喜欢他的女同学倒是不少，可他心高气傲，又专心于学业，想好姑娘多的是，等到功成名就，不愁找不到如意妹妹。

然而走向社会才三年，张斌就意识到了他当初的想法是多么幼稚。

他以为他专业学得好，就能找到好工作，可事实是，他已换了五家单位，至今未谋到理想的职位。张斌家里条件好，不在乎他的收入，他的学历和能力又摆在那，暂时找不到好单位好工作他倒也不着急，毕竟才三年嘛，总有一个寻觅适应的过程。

真正让张斌头疼的不是工作，而是他的个人问题。他原以自身条件不错，又是名牌大学生，找个称心如意的妹妹不算难事。可事实证明他又错了。凡是他看得上眼的姑娘，人家早已是名花有主，或是估价待售。张斌这才发现，还是大学里的爱情纯粹呀！后悔自己错过了大好时机。

这天，张斌去表叔所在的公司玩，无意间发现了一位漂亮妹妹。该姑娘天生丽质，衣着朴素却又显得优雅大方，美而不艳，很对张斌的胃口。张斌从侧面打听到，这位漂亮妹妹名叫方舒雅，也是初入社会没几年的大学生，年前才刚到表叔的这个公司里来的。让张斌心花怒放的是，这位妹妹目前并没有确定的男朋友——不过追她的人倒是不少，光本公司就有几个男青年对她垂涎欲滴。

张斌是又喜又急，情急之下，一个大胆的念头在他的脑壳里开了花——为确保万无一失，他要到表叔的公司去上班。大学时他错过了良机，这一次，他可得抓紧了。俗话不常说，近水楼台先得月嘛，距离近，自然下手就快，赢得几率就大。经过这三年的打磨，张斌算是明白了，工作重要，爱人更重要，称心如意的工作可以慢慢找，称心如意的爱人，则如惊鸿一瞥，是可遇而不可求的。

一晚上，张斌都在琢磨这件事情。

第二天，张斌又来到了表叔的公司，流露了想来这里上班的意思。表叔是公司的副总，这点权利还是有的。只是他不明白，自己这样的小公司，也就十几号人，张斌素来对工作挑剔得厉害，怎么忽然想到要屈居到他的小庙里来？

表叔问，是不是在单位闹矛盾了？受打击了？年轻人嘛，受点打击经历点磨难是正常的，不要总想着逃避。

八字还没一撇，张斌不想说出他的心思，正愁不好解释，听表叔这么一说，将计就计，倒起了苦水……说再也不想回原单位上班了，让表叔一定收留他，给他一碗饭吃。

表叔当即笑了，这叫什么话？一家人嘛，想来还不容易，一句话的事情。表叔开玩笑说："你来是我们的福分！只要你愿来，在哪个部门任职，随你挑。"

张斌记得那姑娘在财务部门，也就不客气地说，"我现在是见钱眼开，想在财务部门清闲一阵，小会计也行呀。"

表叔就爽快地答应了张斌。只是让他回去再冷静几天，想好了的话，三天后来上班。

三天如隔三秋。

这天早上，张斌满心欢喜迫不及待地到表叔的公司上班。他在财务部里转出转进，左等右等，就是迟迟不见自己心仪的那位漂亮妹妹。

张斌急了，向隔壁办公室的小胡打听，"方舒雅干什么去了？"

小胡气哄哄地说："走了！"

"为什么？"张斌问。

"因为你呀！"小胡鄙视地看着张斌，顶了他几句："你老兄关系硬，非要挤进来——只可惜呀，现在的岗位是一个萝卜一个坑，哪个老板舍得多养一个闲人？到头来，只有捏软柿子，先把她开销喽！"

张斌一听，顿时傻眼了。他做梦也想不到会是这样的结局！

赢馒头

那一年，我们村的几个青年去铁路上打零工。每天的伙食是白菜萝卜汤，外加八个白白胖胖的馒头。这样的伙食对我们这帮穷小子已很是知足。尤其是这又白又软的馒头，家里是见不到的，因此吃起来就觉得格外香。对于干力气活的小伙子们来说，八个馒头也就刚刚够，可我们还是舍不得吃完，尽量多喝免费的菜汤，攒下几个白馒头藏在包里，周末时捎回去好让家里人也尝个味道。

在我们当中，矮个子王小虎是最会攒的。我们一般一天省一个，而他却可以省下两个。时间一长，我们就有些嫉妒，说这个王小虎呀，可真扛得住肚皮！省吃俭用的，是不是攒够了馒头娶媳妇呀？王小虎生着一张娃娃脸，虽然看上去不显大，可实际年龄已经二十八岁了，因为家里穷，个子矮，至今也没讨到媳妇，成了大伙的一个话题。闲聊时，大家便你一言我一语地忍不住要开王小虎的玩笑，比如他怎么怎么把裁好的甘蔗藏在棉袄里讨好邻村姑娘吕青叶，结果又怎样怎样被人家用甘蔗打了个满头包……

大伙如此热衷地损王小虎，一方面显然是因为工余时间太无聊；另一方面，兴许潜意识里想证明自己好赖还比王小虎强那么一点点吧。因为从那些体面的正式职工轻蔑的眼神里，我们不断地看到了自己的弱，自己的穷，自己的小。"小"难受了，自然就要找出一个更小的人来寻开心。王小虎被人埋汰惯了，倒也看不出有什么难为情，他蹲在一旁，不反驳，也不接话茬，只是双手捧着那个从家里带来的破了檐的绿搪瓷碗，大口大口地喝菜汤。

有天早上起来，突然下起了大雨，出不了工，工头只好给我们放了假。我们好不高兴，几个村的青年聚在一起打扑克。玩着玩着，不知是

谁提议，也像那帮正式职工一样玩点带彩的。可大家兜里都没有几毛钱，谁也不接话。后来，邻村的郭金贵提议：赢馒头。反正每个人的帆布包里都有几个，输了也没关系，以后再勒紧肚皮呗。大家都知道，王小虎的存货最多，便嚷嚷着让他上。谁知王小虎一点也不给大家面子，谎称上厕所躲了起来。后来，我们村的几个输得不行了，派人去找王小虎来救驾，却死活找不到。我自认为和王小虎的关系还不错，便直接去王小虎的帆布包里翻馒头，竟然是空的！大家都骂，这个老抠王小虎，肯定是转移了。等他回来了再收拾他！

一直到天黑，王小虎回来了，浑身湿淋淋的，然而人很高兴。我们心想，这老抠必定是怕我们打他的主意，冒雨偷偷把馒头给他老娘拿回家了。可转念又一想，工地到我们村少说也有五十多里路，难道他飞回去不成？我们不甘心，问他馒头呢？王小虎说，吃了。我们不信，要搜床。王小虎也不拦，任我们搜。结果还是一无所获。

睡到半夜，我起来上厕所，发现王小虎在辗转反侧，像是有什么心事。我凑上去，悄悄问他，馒头呢？是不是拿回家了？王小虎一个劲摇头，拉我钻进他被窝，才有些兴奋地说出了实情。原来，王小虎和铁路沿线牛家桥村的一个姑娘好上了。那姑娘我见过，人长得漂亮，足足比王小虎高出半头，只是听说家里条件非常不好，有一个瘸腿的老爹和一个呆傻的哥哥。

第二天出工的路上，大家又开始挖苦王小虎，埋汰他的老抠和不义气。王小虎少有地乐呵呵地笑着，还歪着头，葵花一样，很诚恳很虚心地听着。待大伙说得无趣了，王小虎才半是得意地走到队伍的前方，半是害羞地说出那些馒头的去向。

王小虎说，起初那姑娘并没有看上他，他也没把握，可他就是想帮她，于是一次次给她送馒头，给她家干活，时间一长，嘿，还真就赢得了姑娘的芳心！

大伙听后，都不说话，心里五味杂陈。平日里被我们嘲笑的王小虎，娶不到媳妇的王小虎，却不声不响地用馒头赢回了一个如花似玉的姑娘。我们嫉妒得很，要王小虎请客。王小虎笑嘻嘻地说，请，一定请，结婚时一定请。

　　这个老抠！我们对王小虎又是一阵猛烈地攻击。笑够闹够，王小虎突然严肃下来，对我们拱手作揖。

　　王小虎说，你们不经常取笑我，攒够了馒头娶媳妇吗？谢谢你们有先见之明，为我仙人指路，让我梦想成真！

　　说着，王小虎忍不住笑了，眼睛里有了泪花。

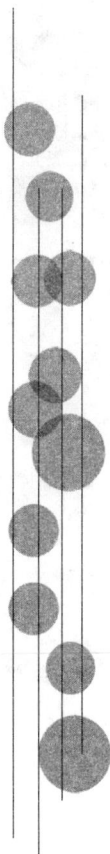

分火柴

这已经是三十多年前的事了。想起来，那个时候真是穷！我们几个同村的青年去修宝成铁路，干的是力气活，吃的是稀粥，好在一月还有七块钱的工钱，可以节省下一点点，补贴家用。当时一天的伙食也就一毛钱：一分钱的稀饭，二分钱的馒头，五分钱可以买两个肉包子呢。

可我们舍不得吃包子，因为我们知道家里人连馒头都吃不上。怎么可以无度挥霍？长时间的稀饭、馒头咸菜，几乎每个人都是一脸的菜色。

一天，邻村的青年张大虎过来说，明天就是八月十五，他们准备明天下午收工后煮汤圆，问我们要不要入伙？张大虎分析，煮汤圆不需要油盐酱醋，门房的老张有煤油炉，工地上有的是煤油，全部费用也就买糯米粉和红糖的钱，花不了多少，一人一毛准吃得又饱又美，汤也可以喝得精光，一点都不浪费。看我们深思熟虑的样子，张大虎大着嗓门激将到："咱吃不起月饼，还吃不起汤圆？好坏也是个节，咱们得犒劳犒劳自己。"我们只有同意。

两村的青年伙在一起是九个人，一人出一毛，共九毛钱，六毛钱的糯米粉，二角八分的红糖，一共花去八角八分，还剩二分钱。

汤圆包好，急着下锅，煮好分好，各人都是狼吞虎咽。吃完喝光后，工棚里突然静了下来，你望望我，我看看你，嘴上不说，心里都在盘算，剩下的二分钱，如何处理呢？总不能让张大虎私吞。

我村的李青山"咣咣"敲了几下碗，头摇的拨浪鼓似的："唉，这事确实难办，二分钱怎分得过来，早知道多买二分钱的糯米粉，不就没事了？"

"谁知道呢？"张大虎有些不高兴，抱怨自己吃力不讨好。他们村的几个便建议让张大虎先保管着，说不定啥时还聚会呢？看我们不吐口，张大虎说："这样吧，去买盒火柴分了，我也懒得保管。"

这个主意不错，大家一致同意。二分钱刚好买盒火柴，100除以9，每人11根，剩1根，给张大虎就是了，算是他的跑腿钱。

这一次，张大虎死活不去了，李青山不爱吵吵吗，让他去买火柴。去就去，李青山头一拧，出去了。很快，火柴买回来，李青山便兴致勃勃地着手分，发扑克牌似的，一人一堆，依次放置。最后一轮下来，本要多一根的，却差了一根，就是说，总共只有98根。大家开始吵吵了，说要不回去找卖火柴的，准是他贪污了两根，有的说肯定是出厂时就少装了，找也是白找。

李青山不吱声，脸憋得通红，后悔刚才不该去买火柴，现在出了这样的问题，自己有口难辨。气氛一下尴尬了起来。

矮个子陈中军突然打破了沉默，豪迈地说："得了得了，不就是一根火柴嘛，吃不了亏，成不了人，我少拿一根就事了。"众人齐向他投去了尊敬的目光，开始往衣兜里收拾火柴。陈中军一把抓住火柴盒，不好意思地说："这个空火柴盒，我拿了。"

谁都知道，那年月，火柴用得勤，火柴盒用一段时间，就皮了，不好用了。这个陈矮子真是老谋深算。张大虎嚷："陈矮子，你又不抽烟，你要火柴盒干什么？"陈矮子理直气壮地说："给我娘擦火烧柴煮饭呢。"

众人哈哈大笑，说陈矮子的心还挺细的，将来讨个媳妇，绝对是过日子的好把式。

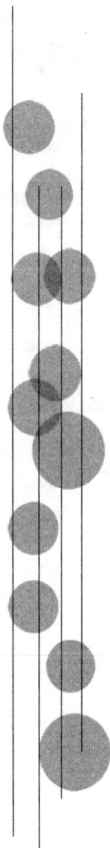

青春的水果

春节回老家，在县城的街道上遇到了马可，还有他形影不离的"菠萝"。随即我们在一家餐馆坐下来，一阵闲聊，感慨万千。

屈指算来，我和马可已有十三年没有见面了。那时我们都是本地国营农场的青工，刚刚二十出头，血气方刚，豪情万丈。除了我和马可，同宿舍的还有高大帅气的孟飞，古灵精怪的李峰。马可不好意思地向我汇报，如今孟飞开了一家公司，李峰在批发市场做生意，只有他一个人没有改观，依然守着兔窝。我赶忙给马可倒上一杯酒，以打消他的自卑心理。毕竟，各人有各人的生活，所谓的金钱与事业，并不能成为衡量幸福的标准。表面上风光的我，没有理由给马可带来压力。马可身边的"菠萝"似乎也不愿意看到老公垂头丧气的样子，她猛地一把搂住马可的胳膊，大声说"怎么没有改观，我们的儿子都快九岁，上小学三年级了。"

马可笑："这算什么改观，谁家没有孩子？谁家的孩子大了不上学？"

"可咱们的孩子学习好呀！孟飞的孩子耳朵有问题，李峰的孩子经常逃学，那个淘呀！"马可斜了"菠萝"一眼，意思不要再揭人家短了。我端起酒敬"菠萝"，笑着说："你还是从前那么开朗！"

"可不是，穷人就要懂得穷开心呗！""菠萝"机智地接过我的话，嘎嘎笑。我问，"香蕉"好吗？"菠萝"意味深长地看着我，用手捂着嘴轻声说："离了"。"香蕉"是我们农场的美女，曾是我的初恋情人，后来和孟飞谈起了恋爱，再后来，不知怎么突然之间就和场长的侄子好上了。一气之下，孟飞辞了职，而我，为了所谓的梦想，去了南方，开始了漂泊的生活。

整个谈话期间，"菠萝"一直笑着，脸上没有任何阴影，喜气洋洋，

万里无云。我仔细端详着"菠萝"的脸：胖胖的、白白的，还透着粉粉的红，尤其精彩的是她的大嘴，鼓鼓的，一点也不害羞、遮掩，因此就很舒展、生动，绘声绘色地引领着其它的五官，变幻丰富的表情。看得出来，他们的婚姻很幸福，小日子过得有滋有味。我在心里由衷的羡慕他们，想当初，因为胖，因为矮，因为头脑简单，我们叫她"菠萝"，还曾多次嘲笑马可。谁想到，这样的女人，却是过日子的一把好手，给马可的生活带来了和煦的阳光。

谈兴正浓，"菠萝"瞄一眼手机，腾地站起来，说儿子快下课了。我说，这大过年的，上什么课？"菠萝"搓手说，儿子在老师家里学钢琴，这不，我们在街上闲逛，等孩子。好家伙，这两口子的儿子还会弹钢琴。我问，学多长时间了？"菠萝"颇自豪地说："三年了。反正我们再苦也要把儿子供出来。再说了孩子也争气，年年是三好学生，琴也弹的不错，年前，在县文艺汇演中还获了个二等奖呢……"

看得出，"菠萝"很为他们的儿子自豪，她毫不掩饰，就像是一个领导。而马可则一直站在"菠萝"的身后，表情木讷，不言语，显得很平静，更像是一个随从。

临别之际，我掏出200元作为给孩子的压岁钱。马可脸涨得通红，说这怎么行？我说孩子如此有出息，自然要鼓励，有什么不行？大过年的，难得见一面。马可执意不要，推挡之间，倒有了生分。最终还是"菠萝"爽快，在马可的肩膀上轻拍了一下。我趁势数落马可：看看，领导都发话了，再不收下就是看不起我了。"菠萝"莞尔一笑，问我：你知道，我为何要慷慨地收你的钱吗？

不见外呗，我说，这岁月的飞刀在你"菠萝"的身上，还真没留下刻痕，依然是白白胖胖，爽爽朗朗呀！

"菠萝"眼睛发亮，领受着我的赞美。她猛地搂住马可的胳膊，寻求支援似地害羞起来。接下来，她说出了一句让我心跳难堪的话。

她说：因为我以前爱过你呀。不信？不信你问我们家马可？

这个话题来得太直截，我们都笑了起来，在笑声里道别。

街上人声鼎沸。一路上，我都在想着那些过往的岁月，想到自己现在依然是单身，不由感到一股彻骨的冷。

我自问，我真的爱"香蕉"吗？"菠萝"真的爱我吗？如果我和她们中的某个成为夫妻，现在会是怎样？或者说，我对我现在的生活满意吗？

　　理智告诉我，她是马可的"菠萝"，和"香蕉"一样，都已经与我无关。

　　可我还是要感谢她们，她们是我青春的水果，爱与被爱，都不同于酒瓶里的汁液。

不会唱歌

有两个小姐妹，一个姓毕，一个姓周，是同班同学，还是同桌，天天一起上学，一起回家。

小毕的理想是成为一个歌唱家，她喜欢彭丽媛，喜欢殷秀梅，她觉得那些优美的音符从她们的胸膛里喷薄出来，繁花似锦，激昂雄壮。她认为，有意义的生活就应该是这样的，像大海一样，汹涌澎湃。在那个贫穷的年代，在她们那个封闭的小镇上，偶尔从大喇叭里飘出来的她们的歌声成为她唯一的精神食粮，她总是嘴里哼着歌，蹦来跳去，同学们叫她快乐天使。

小周的理想是成为主持人，准确的说法是报幕员，主持人是后来的说法，现在已经火得都快要烧着了，谁又能想到？小周喜欢的只是报幕员神气的样子，婷婷玉立的，嘴里念念有词，整台晚会被她引领着，就像是一个美丽的巫师。

小毕爱唱歌，小周爱主持，已经成为班里公开的秘密。年底了，学校要举行一台晚会，让各个班出节目。小毕自告奋勇地报名，要唱殷秀梅的《在希望的田野上》。老师说，你唱唱我听听。小毕就站直，用了很大的劲，唱得满脸通红。老师摇头，说不行，音不准。小毕觉得自己唱得挺好的，央求老师，再练练，再练练一定能唱好的。老师说好吧，那就弄成合唱吧。

临表演了，老师问，练的怎么样？小毕就让五个同学一字排开，唱给老师听。小毕的声音最大，最卖力，她尽力想唱得更好些，以便赢得老师的赞许。老师皱皱眉，说小毕，你声音小点，老师不好意思打击她，"你声音一大就跑调"，考虑再三，老师没让这句话冒出来。毕竟，小毕的热情一直很高，并且一直在组织这个节目。

又试了几次，小毕还是跑调。她自己也不明白发生了什么，声音就

是小不下来，仿佛嘴巴长在别人身上，自己控制不住。老师有些生气了，又不好多说，最后决定，让小毕参加演出，但是，在台上演出时小毕只需做口型，不许出声。小毕的眼泪哗啦就出来了。她突然意识到，自己并不是唱歌的料。

这台晚会的报幕员，自然是小周，因为她不但个子高，长得漂亮，普通话也说得像模像样。这台晚会，小周主持的非常好，没出任何乱子。小周自信，她日后一定能成为报幕员的。小毕她们的节目也获得了一等奖，同学们都来祝贺。找来找去，找不见小毕，不知什么时候溜走了。

从此之后，小毕不再唱歌，心思愈来愈多。小周呢，样样都好，就是学习不好，期末测验，竟倒数第一。为了能让她反省，老师决定，让她站着听课，天天如此，整整站了一个月。小周站在同学们面前，明晃晃的，感觉自己美丽全无，她想躲，挖地三尺，可是不能。于是就尽量缩着，把自己缩得更矮、更小。一个月后，小周成了驼背，她的腰杆再也挺不直了，她清楚地意识到自己是个一无是处的差生。

二十几年后，小毕小周再次见面。小毕成了一位作家，小周成了一位纺织女工。小毕说，她至今都不会唱歌。她说，那时候真傻！小周说，是的，怎么那么傻呢？她们都有了想流泪的感觉。

珍珠的味道

下雨了。

一只猫到檐下躲雨。它趴在窗台上，眯着眼，准备睡觉。

这时，飞来了一只黄鹂鸟，歇在院子里的一根铁丝上，兴奋地唱起了歌。

猫说："黄鹂鸟，快走开，你没看见我在睡觉吗？"

黄鹂鸟假装没听见，继续唱歌，并缓慢地荡起了秋千。

猫生气了，说："你高兴什么？这样乏味的雨天，你为何不回家去睡觉？你再吵，我就对你不客气了。"说着，喵呜一声，拱起背，竖起尾巴，呲牙咧嘴作出一副凶相。

黄鹂鸟便不再唱歌。倒不是怕他，只是觉得没有必要和他一般见识。在这样清新凉爽的细雨天，和一只猫吵架，多少会让人扫兴。

黄鹂鸟不再歌唱，可她依然按捺不住心中的喜悦。她缓缓地，抬起纤细的脚丫，在铁丝上走起了钢丝。轻手轻脚的样子，像一个小姑娘在训练杂技，不时张开翅膀，有惊无险地保持其身体的平衡。

猫睁大了眼，觉得很好奇。

因为黄鹂鸟不但走钢丝，还玩起了一种难度极高的游戏。每走几步，黄鹂鸟会小心翼翼地俯下身来，轻轻地，低下头，弯曲脖，然后静止几秒，将身体稳住，极其努力地用小巧的喙，去衔取那铁丝上悬挂着的晶莹的水珠。

猫忍不住问："黄鹂鸟，你在干什么？"

黄鹂鸟说："我在摘珍珠吃呀。你看看，这么多的珍珠挂成一排，多漂亮！"

猫说："亏你想得出，不就是一滴滴水吗，水谁没喝过？"嘴这么说，心里还是被黄鹂鸟的游戏打动了。拔高脖子，毫无睡意。无疑，他也喜

欢上了那一颗颗悬挂着的晶莹雨滴，好像吃到了一颗颗熟透的葡萄。

黄鹂鸟说："过来吧猫，别吃不到葡萄说葡萄酸。你站在下面，我给你摘，你张大嘴，在下面接，好不好？"

猫"喵呜"一声，从窗台上跳下来，和黄鹂鸟玩起了吃珍珠的游戏。有好多次，猫都失败了，那晶亮的珍珠不是砸在他的鼻尖上，就是胡子上，弄得他满脸飞沫，很是狼狈。可他觉得这游戏很好玩，就像是采槟榔。黄鹂鸟在树上认真地摘，他在下面左扑右跳地接，接不住，也是稀里哗啦的笑。

经过多次的配合，猫终于吃到了一粒珍珠，滑滑的，凉凉的，甜甜的，像樱桃，像荔枝，像果冻，反正有说不出的美妙。猫咂吧着嘴。喵呜几声大叫，竖起尾巴，跳跃着，绕院三圈。似乎是拿了奥运冠军，举着旗杆，在绕场庆贺呢。惹得黄鹂鸟叽叽笑，又唱起了欢快的歌。

整个下午，他们都在细雨里游戏。乐此不疲。

后来，猫还邀请黄鹂鸟站在他竖起的尾巴上，玩起了另一些新奇的游戏。

黄鹂鸟说："猫，珍珠好吃吗？"

猫故意摇摇头，"喵呜喵呜"地叫。

猫当然清楚，这所谓的珍珠，只不过是一滴一滴的水。猫以前喝过无数的水，可他从没有喝得像今天这样滋润，开心。猫长这么大还从未见过传说中的珍珠。但他坚信，自己已经尝到了珍珠的味道。并永远记住了那个雨天。和那个只有一面之交的可爱的黄鹂鸟。

疑 问

　　小刘是个文学青年。酷爱写诗，一天不写几首诗就难受，像是便秘。临睡觉了，也要把那些名家的诗集哗啦啦翻来翻去，直到突然有了灵感，感觉有痰要吐，赶快拿出纸和笔，正襟危坐，天降大任的样子。然而，笔都拿捏好了，又似乎不见了，不清楚要表达什么，怎么表达？这样翻来覆去折磨，有时还真能写出一两首像样的诗，打眼一看，和名家的还差不多呢。心中一阵豪迈，波涛汹涌，相信自己最终也能成为诗人。

　　小刘现在回忆，那时候的自己像是着了魔。那个叫缪斯的姑娘，整得他每天浑身发烫。他热烈向她表达：玫瑰，忠诚，理想……他把自己都扒光了，把心都捧出来了，把喉咙都唱哑了，可姑娘还是不垂青他。

　　小刘一方面有些泄气，一方面又安慰自己，或许是自己的苦难还不够，还不足以打动姑娘的芳心。还能怎样？爱一个人就要学会坚持，连她的高傲和绝情一起爱。小刘继续努力，以更大的热情和悲伤给姑娘写信。通过邮局四处去打听姑娘的下落。

　　好多年过去了，一直没收到过姑娘的回信。似乎那姑娘根本就不知道他的存在，不知道他在暗恋她，在大海里以石头的方式愚蠢地仰望天空——那微薄的亮光。小刘开始怀疑，也许自己根本就不是诗人的料。一个没有发表过情书的人，能叫诗人吗？显然不是。诗人都是发表情书的高手，情书有多高，诗人就有多大。

　　泄了气的小刘，依然保持着对缪斯姑娘的热爱，保持着对大诗人的崇拜。

　　一天，小刘忽发奇想。他想：如果我偷偷地，把大诗人的情书偷一封，然后以自己的名字向缪斯姑娘邮寄过去，她会怎样？会是一副怎样的表情？在这个互联网的时代，这实在是一件简单的事情。

　　经过慎重考虑，小刘从目前最当红的一位诗人的博客里选了一首还没有来得及发表的诗。以自己的名义给缪斯姑娘发送过去。缪斯姑娘坐

在云端，收信人是那些长期受其熏陶的诗歌编辑，分布在广袤大地的各个角落，以天使的身份向缪斯姑娘全权负责。

第一次，小刘把它给了一个小地方的小天使。小天使不予理会，想必是不值一提。

一个月后，小刘把它给了一个中等城市的中等天使。中等天使还算客气，电子邮件回复小刘，认为小刘写诗的技巧还算娴熟，不过，离发表尚有一定的差距，鼓励小刘再接再厉。

第三次，小刘把它投给了大城市的大天使。大天使见多识广，并且乐于发现人才。回问小刘，是不是原创？小刘肯定。几天后，大天使客气地回信：抱歉，气魄还是有的，但好像有点不知所云。望继续努力。

小刘懵了，没想到会是这个结果。

大诗人的诗可一直是抢手货呀！怎么？

小刘想，也许，是自己不识货，选中的恰恰是大诗人蹲大便时写的情书吧。伟人还有尿尿的时候呢。难怪缪斯姑娘的天使会不予理会。

又过了一段时间，小刘发现，大诗人最近的二十多首诗全部打包发表在大天使操办的刊物上了。小刘特意买来一本学习。二十多首诗的前后拥堵着两篇比诗还长的评论。其中一篇，就是那位大天使写的。其它的小刘看得不是太明白，但对于那首诗，他还是看懂了，在大天使的解读下，似乎确实有着许多玄奥的象征和隐喻。小刘想，看来自己也并不是完全不懂诗，和大天使的审美观还是基本相似的。大诗人怎么会往博客上拉大便呢。真是笑人。

那么？

小刘想弄个明白。他给大天使打电话。坦白相告，说自己前段时间偷了大诗人的一首诗，向你们投稿，可是没过。大诗人说：是吗？有这回事？你们年轻人啊，要学会先做人，再作诗。知错就好，知错说明你还是有希望的。

小刘说：我不是这个意思，我是说——

大天使明白了。哈哈笑：我当然看出了那首诗不是你写的，你们年轻人怎么能写出那么深奥的诗呢？

小刘说：可你当初说的是不知所云啊！

大天使说：我说了吗？这么好的一首诗，怎么会不知所云呢？你肯定是记错了，不是这一首。年轻人得首先学会诚实……

小刘明白了。挂断电话。

电话那头的天使，愤恨地骂：操他奶奶的，这年头，小偷都理直气壮！

小刘想：缪斯太奇妙了，同一封情书，署上不同名字，连她的天使都认为，是有着不同的爱意。

那么，我还要继续吗？小刘开始他自己的疑问。

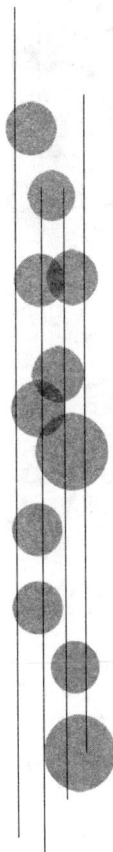

一只会说话的乌鸦

鸟市上最近出现了一只会说话的乌鸦。人们都很好奇，前来围观。天下乌鸦一样黑嘛，看不出有什么特殊。以前只听说过鹦鹉八哥会学话，这乌鸦说话，会是怎么一种鸟声？

乌鸦蹲在鸟笼里，很温顺的样子。又像是不以为然。它斜眼张望一下喧嚣的人群，闭上眼皮睡着了。人们都说，该不是骗人吧？乌鸦只会聒噪，哪里会说什么人话？

乌鸦的主人姜健民躺在摇椅上，自顾自哼着一种只有他自己知道的小曲，也不去在乎人们的议论。

姜健民不言语，是因为鸟笼上挂有牌子。上面明码标价：乌鸦说话，一字一百。

妈的，这不宰人吗？比名作家还牛逼！名作家也不过一字一元嘛。

姜健民鼻子一哼：它不是作家，它是乌鸦，预言家。

哈哈——预言家！触霉头的"乌鸦嘴"谁不知道？谁稀罕听它呱呱？全笑了。

姜健民有点被激怒了。直起身，摇着大蒲扇。实话告诉你们，2008年，5月12号，知道吗？我们村二百多人，能活着从宁强跑出来，就因为这只乌鸦说了两个字：地震。你们说，值多少钱？

吹牛皮！有人故意激将姜健民，你说得天花乱坠等于白说，是骡是马拉出来遛遛就知道了。有本事，让乌鸦说。让它说呀？

姜健民说：你神气什么？有本事，扔钱呀？

扔就扔，那人掏出100元。

姜健民吹了一声口哨。只见乌鸦脖子一梗，喙一扬，嘴里吐出了一个字：地。发音还挺清晰。

那人捏捏拳头，豁出去了，又扔出100元。乌鸦脖子又一梗，吐出了

第二个字：震。

汪老板一直在看热闹。觉得这只乌鸦确实有意思。急忙从兜里掏出200元，同时扔了过去。还不等姜健民吹口哨，乌鸦自己先说了：玉树。

妈呀，可真神了！不但知道汶川，连玉树都知道。还认得钱！幸亏汪老板一次扔出的是200元。

这下人们都心服口服了。

汪老板问：这乌鸦，卖吗？多少钱呀？八万？十万？

姜健民摇头。继续闭目养神。

汪老板不甘心。说他是做生意的，最需要这玩意来预卜未来。汪老板又是赔笑又是点烟，在姜健民的手背上画出了二十万。

姜健民突然反问：你捐钱了吗？

捐什么钱？汪老板问。

乌鸦说话了：玉树，玉树。汪老板脸红了，还没有。这不挣的钱还不够多么？继续死皮赖脸地和姜健民谈价钱。到最后，汪老板伸直了一只手。还向他保证，一定会养好这只神奇的乌鸦，把它当天使一样对待的。

姜健民还是摇头。

汪老板指着姜健民，说他心太贪。五十万一只乌鸦，已经是天价了，总比在这里摆地摊卖唱强呀？

姜健民品口茶，很平静地说：我花钱的地方少，因此用不着卖唱。

不卖唱你标那么高的价格干嘛？不就是一只会说人话的乌鸦吗？还真以为是朱鹮？

姜健民也不和汪老板去斗嘴，把那些散落的钱收集起来，装在一个大信封里。

汪老板不解气。又从兜里摸出200元，要乌鸦说：发财。

乌鸦说：谢谢。

汪老板不悦，明明是发财，为什么要说谢谢呢姜健民笑：估计它还没学会吧。

汪老板说，不会可以学嘛，又掏出200元，要乌鸦说：发财。

乌鸦还是说：谢谢。

不行，我就喜欢听"发财"。汪老板又欲掏钱。

姜健民说：行了，它不愿说你也就别为难它了。你要是觉得吃亏，

最后这 400 元拿走就是了。

汪老板说，我掏钱，它凭什么不说？凭什么认为我发不了财？不行，今天不说还不行呢。说着又掏出了六张，要乌鸦连说三个"发财"。

乌鸦说：谢谢谢谢谢谢。

汪老板被激怒了。不无讽刺地说："发财"有罪吗？你不天天靠着它发财吗？不行，它不可能不会说。它凭什么不说？

江健民懒得再和他费口舌。说：你有什么疑问，问乌鸦就是了。它不说自有它不说的道理。

什么道理？

汪老板凑到乌鸦跟前，雄赳赳气昂昂地质问乌鸦。

乌鸦很有礼貌地说：谢谢捐款，谢谢捐款。

人们都惊呆了。承认它确实是天下最了不起的乌鸦。

半截砖

　　老吴收拾柴房，把几个旧木箱卖了。自然，那几个垫箱子的半截砖，就成了垃圾。他往垃圾筒里扔，结果一块没扔进去。老吴是个认真的人，半截砖掉地上，虽有了垃圾的脏，可按老吴的脾性，还是打算去弯腰捡的。可他还没走过去，一条宠物狗突然窜到了他的前面，对那块半截砖产生了浓厚的兴趣，又是扑跳，又是抓打，似乎是很好的玩伴。而且，老吴同时就发现，二楼阳台上一位时髦的女人穿一身睡衣，正倚栏笑语盈盈地看着那只宠物狗。都住一个小区，老吴虽不认识这女人，却知晓她是狗的主人。"不嫌脏啊！"女人对狗发出了训斥，老吴感到自己仿佛也受到了训斥，因为那女人的语气，有一种高高在上的藐视，这一来，老吴不好意思和一条狗去抢那半截砖了；也不便停下来等。于是拔脚上楼了。

　　老吴上楼后，那狗又玩了一会儿，撒了一泡尿，然后回家陪主人去了。狗前脚走，小区里的一个小男孩看见了那块半截砖，觉得颜色红、硬、气派，便蹲下来玩，把它搂在怀里，当小熊，当武器，玩得不亦乐乎。很快小男孩的妈妈看见了，头伸出窗外大声呵斥："脏不脏啊！你想吃垃圾是不是？……哪个缺德玩意，垃圾也不扔进垃圾桶！"这话老吴在家听得一清二楚，心里有几分不舒服。

　　再下楼经过，半截砖还在，老吴走过去。可那半截砖上却赫然横着两个神气的女人。没错，她们虽不在场，可她们刚才的斥骂，确确实实使老吴意识到了自己的窝囊，一个大男人，为一块半截砖羁绊着，什么出息！于是老吴赌气，不管了，扭身走人。他倒要看看，半截砖能碍多大的事？

　　有意思的事，似乎连清理垃圾的人，也觉得把半截砖扔进垃圾桶有些麻烦。毕竟，半截砖也是砖，不完全算垃圾，只不过是一块硬东西，一个小小的有趣的障碍而已。于是乎，老吴发现，很多天，他的那块半截砖，就那么不咸不淡地赖在垃圾桶的周围，被人踢来踢去的，一直没有离去的意思。

日子一长，老吴便把那块半截砖忘了。或者说，是半截砖悄无声息地走出小区。老吴不知道，可半截砖知道。还是小区里的那个调皮的小男孩，他本来只是一时觉得新鲜好玩，可妈妈的反对，却越发让他觉出了半截砖的有趣。妈妈怕脏，小男孩不怕；妈妈说半截砖危险，半截砖给小男孩的却是开心。一方面小男孩在小区里实在没有要好的玩伴，于是和半截砖便玩出了感情，有了挂念，一有空闲就来找半截砖。

可妈妈见一次批评一次，让小男孩烦。于是，有一天他把半截砖带到了附近的大街上，像带着一条小狗那样和它打打闹闹地玩。玩了一会，累了，也是饿了，口袋里有零钱，他便去杂货铺买零食。等他从杂货铺出来，半截砖不见了。让小男孩失落了好多天。

半截砖清楚，小男孩刚进杂货铺，一个要钱的人从此经过，天上正好刮起了一阵风，要钱的人觉得半截砖待会刚好可以压住他悲惨的经历，不被风和人们的怀疑所吹翻，好博取更多切实的同情。于是他把半截砖拾起来，带到了人流如织的广场上。

在广场上，半截砖帮要钱人压了几天悲惨的经历，天转晴了，阳光明媚，热力四射。要钱的人虽依然罪人般地跪着低着头，作一副四季愁苦的表情，但他心里的明朗，还是意识到了半截砖的存在有点阻碍行人的视线。于是当太阳把他的破棉袄晒得粘热难耐时，他生气扬手把半截砖扔了。

离开了忘恩负义的要钱人，半截砖自由了，一身轻松，漫无目的地在人们的脚边绊来绊去，却没一个人愿意理它。

正午时分，一个男青年叼根烟，怀里揽个小女生，穿一双人字拖，松松垮垮摇摇摆摆地朝这边走过来，结果一脚踢过去，"哎哟！我操……"疼得龇牙咧嘴，盯着半截砖露出一副凶相，半截砖无动于衷，一声不吭，小女生盯着男青年，问怎么样？男青年面子上挂不住，仇恨地拎起半截砖，又仇恨地砸了下去。半截砖一声尖叫，翻了几个跟斗，同时和水泥路面擦出了火花，行人都吓一跳，回头来看，窃窃私语，不明白发生了什么。

之后的几天，这块半截砖在几个小学生的脚下又游走了一段距离。

在一个黄昏，它甚至戏弄了一位着急接孩子的母亲，结果自行车倒了，幸好大人小孩没受伤。

接下来，不知什么时候，半截砖神不知鬼不觉地来到了"夜巴黎"洗脚城门口停车场的角落里，在这里孤单地居留了下来。

直到有一天，老吴从此经过，看见两个大腹便便的中年男人在一辆小车旁拉拉扯扯，看样子是醉了。这两个人里面，碰巧有一个人老吴认识，而且那个家伙是个科长。老吴便过去劝解。结果另一个恼了，卷着大舌头豪迈地说："你，你，你再多管闲事，我，我就拍你，拍你，你信不信？"

那人虽然喝醉了，但心里清楚只不过是吓吓老吴，耍耍威风而已。可老吴是个认真的人，不能不管。结果那人还真就举起了手，架势要拍老吴。老吴迎上去，知道他不过是闹闹而已，就说，"你拍吧，不要再闹了好不好！"

那人被激怒了，"你，你算老几？"，旋起了圈，也正巧，看见了那半截砖，抓起来，没来由地朝老吴的头上拍了下去。

给你介绍个对象

二十八岁的美女张艳艳刚搬进天河小区。下午，她买回一些生活必需品，才准备开门，对门陈大妈探出头，盯着她看："姑娘，新搬来的吧？以后是邻居，有事说一声，别客气啊！"陈大妈是小区里出了名的热心肠，一见新邻居，自然就寒暄上了。张艳艳礼貌地谢过陈大妈，关门继续整理房间。

一会儿，"咣咣咣"响起了敲门声，开门一看，陈大妈朝着她咧嘴笑："姑娘呀，我家芦荟多，送你一盆。你刚住进来，放盆植物，去甲醛。"张艳艳赶忙去接。陈大妈在屋里转来转去，赞美着说："呵呵，年轻姑娘就是爱美呀，屋子收拾的好漂亮呦。还没吃饭吧？我看你忙了一下午，要不，到我家去吃？"

张艳艳说，吃过了，刚泡了一桶方便面。陈大妈一听，旋即回家拿来几个热包子，让张艳艳趁热吃。陈大妈说："闺女呀，方便面可不能多吃，那东西没营养，以后肚子饿了，就上我家去，啊。"大妈的一席话，张艳艳的心里暖烘烘的。这年头，热心人少啊！

从此之后，陈大妈隔三岔五就要拿点东西给张艳艳送去。开始只是水果、芦荟，到后来，连饺子、粽子也上门。张艳艳表面上不好意思拒绝，关上门却哭笑不得，这些东西，自己都可以买嘛。每天在公司累个半死，回到家，好不容易清闲一下，陈大妈却不断光顾，热情洋溢地和她说个没完。问题却不外乎那么几个：多大了？有对象不？家里都有谁？将来有什么打算？等等。

时间一长，张艳艳有点烦了。这天晚上，张艳艳下班回家，她环顾四周，见楼道没人，赶紧拿出钥匙开门。张艳艳心里很不是滋味，怎么回自己家，搞得倒像做贼呢？门开了，她轻手轻脚地钻进去。谁知，后脚还未进屋，对门就开了，陈大妈探出脑袋，一张热脸扑上来："小张

呀，你回来啦。"张艳艳草草应付一声，关上了门。

接下来的几周里，热情的陈大妈更是频繁光顾，张罗着要给张艳艳介绍对象，令张艳艳伤透了脑筋。陈大妈陆续奉拿出十几张"型男"的照片：有儿子的同事、女婿的表弟，儿媳妇的远方亲戚等等，反正，大有肥水不流外人田的架势。陈大妈说："小张呀，你也别抹不开面子，现在婚姻自由，我也不能强求，资料都在这，你看着挑，挑上哪个我给你介绍哪个。"张艳艳也说不上哪个好、哪个不好，总之，她觉得是个很麻烦的事情。陈大妈看张艳艳游移不定，更加贴心贴肺了："小张呀，你也老大不小的了，该考虑对象了。再说了，上次你不是还拜托过我吗？"

张艳艳只能是"哑巴吃黄连，有苦说不出"，怪就怪当时自己没在意，礼貌性地随便说说而已，却惹来了这么多麻烦。起初，张艳艳用加班，朋友聚会等理由来推脱。陈大妈却不慌不急，锲而不舍，设身处地地替她安排，着想。张艳艳想，这样躲着也不是办法呀，人家陈大妈也是一片好心，抬头不见低头见的，老拒绝，邻里关系搞僵了也不好。于是，她答应了相亲。

以前总盼着休息日的张艳艳，如今提起周末就头疼。大清早就得从被窝里爬起来，收拾，打扮，然后心怀忐忑地奔向相亲地点，正襟危坐地与一个个陌生的男人吃饭、聊天、周旋，对她来说非常痛苦。两个月下来，她几乎每周都在参加不同的相亲活动。虽然陈大妈安排的在她看来还算得体，可她就是提不起精神。而且，竟然是愈见愈没有感觉，其中有几个长得还算不错，可言谈举止，在她看来总有那么几分不真实的卖弄。其实张艳艳心里也明白，是她自己从心底里抵触这种古板的传统方式，所以从未认真过。因此忙活来忙活去，十几次的相亲也未能让她选中男友。

陈大妈倒不多说什么。然而渐渐地，小区里关于张艳艳的议论多了起来。有一天，张艳艳回家路过小区门口，就听见几位大妈在她身后指指点点了起来：

"这就是那个相了十几次亲的大龄姑娘吧？"

"相了十几次亲都没成？是不是有啥问题？"

"挑肥拣瘦的，现在的姑娘呀，瞄着的都是大款……唉，迟早会后悔的。"

张艳艳一听，脑袋"嗡"地大了，心里憋得慌。正巧，陈大妈满面

春风地过来了，还利索地从兜里掏出了一张照片，大着嗓门说："小张呀，这是我闺女朋友的弟弟，小伙子在市政府上班，长得可帅了，你看看。"

张艳艳一听，捂鼻就哭。陈大妈急了："闺女呀，你哪里不舒服？快给大妈说说？"

张艳艳推开陈大妈的手，头也不回地跑了。

第二天，张艳艳搬家了。

祖母绿

婆婆的手腕上一直戴着一个祖母绿的玉镯。然而自公公去世后，婆婆就没有再戴，而是放在一个精致的盒子里收了起来。

这天晚上，我刚躺下，老公吞吞吐吐地对着枕头说："我妈，可能、可能有人了。"

已困得要睡着了，听他这一说，我立刻来了精神："什么什么？——真的！"

他瞪我一眼，"你那么兴奋干嘛？"

我赶紧掩饰，"不是，我是替妈高兴。"

"有什么可高兴的？她都奔六十岁的人了，跟咱们过不挺好吗？"

说完，老公蒙头捂上被子，很痛苦的样子。我则相反，心里小喜，算盘珠子拨得飞快——这婆婆有了意中人，一旦再嫁，家里，不就我和老公二人世界了嘛，哇噻！我心里一声喝彩，感觉就像是雨过天晴。

说起来，和老公谈恋爱那阵，婆婆对我就不待见，嫌我个子有点矮，配不上他儿子。后来终于做了她的儿媳，住到一起，每天在一个锅里吃饭，她挑剔的理由就更多了，什么西红柿要剥皮呀，胡萝卜必须要过油呀，青菜水果一定要用蔬果液浸泡半小时呀等等，我听着就头疼。即便老公百般呵护，我也委屈得像只老鼠。重要的是无处发泄。常常想着什么时候能分开住，就是神仙生活了。现在，婆婆有人了，我能不高兴吗？

第二天是星期天，老公有应酬，早早出去了。家里只剩了我和她。我观察，婆婆明显有些走神，吃饭心不在焉。突然，电话响了，她抢先去接。手挡在嘴上小声说话。看来老公的情报是真的。挂完电话，她吃饭的速度明显加快。我装作随意地问："妈，有事啊？"

"哦，没什么事，出去活动活动。"说完丢碗进了卧室，好半天才出来，手里拿着一条黑玫瑰红丝巾，利落地系上。我说妈，你什么时候买

的这条丝巾，真漂亮！她面露喜色，又有些犹豫，是不是太艳了？

不艳不艳，我说妈你真会收拾打扮，我以后可得多向你学习学习。她欢欢喜喜地出了门，还不忘关爱地叮嘱我一句："洗碗别忘了戴手套啊，洗洁剂伤手。"我答应着，爽快地打了个响指——有戏。

晚上九点多婆婆才回来。我乘机凑过去："妈，是不是约会去了呀？"她吓了一跳，看我不像是恶意，才自嘲着说："都这把年纪了还约什么会，就是和一个老同学去看了场电影。对了，先别给他说哦，他知道了会不高兴。"我偷笑，那个"他"，当然是她的儿子我的老公了。

我瞪圆眼睛："他敢！"我说妈，这事儿他要是为难你，我修理他。第一次我理直气壮地在她面前训起她的儿子，她竟然一点也不生气，倒是有几分害羞，叹气说："柳叶呀，你说妈是不是有点那个？"我打断她。我说妈，你还年轻呢，爸去世这么几年了，你也该考虑考虑自己了。要是碰到合适的，我们一定会支持你。

婆婆直盯盯看着我，是那种完全不同于以往的眼神，让我的心跳加快，不好意思再说下去了。似乎再说下去，就要露馅，有了预谋。

晚上和老公又说起婆婆的事，他眉头紧皱，很烦恼的样子。我说："都什么年代了？别那么自私好不好？"他吃惊地瞪着我。我不给他反驳的机会，继续理直气壮地演讲："妈一个人过容易吗？……就算她80岁了也有追求幸福的权利你知不知道？如果你反对，你就是大不孝。"

老公抓住我："柳树叶，什么时候你对妈这么好了？你到底安得什么心？"

我辩驳："人总得讲道理是吧，自由恋爱是每个人的权利，我们身为儿女，不能只考虑自己。面子算什么？面子又不能当饭吃。真心相爱的人最幸福你又不是不知道？"

在我大义凛然的劝说下，老公总算同意了婆婆的恋爱，表示他听之任之，不会去干涉。

我赶快把老公的态度透露给了婆婆。婆婆先是吃惊地看着我，继而拍着我的肩膀，禁不住笑了，意思我把他的儿子调教得如此通情达理她很满意。几天后，和婆婆相好的那个老伯上门来了。我好不兴奋，把家里收拾得干干净净的，还放了音乐，然后让他们在客厅聊，我挽起袖子下厨房。

婆婆有眼光，和她相好的这个老伯气度不凡，戴一副金丝眼镜，一

看就是知识分子，举止优雅大方，对人也热情。我觉得他们百分百般配。

然而，事情却没有想象的那样顺利。老公是不反对了，可老伯的儿子在关键时刻断了链条，说婆婆会不会是图他爸爸的房，还说了些不中听的话："老都老了，结婚有那么重要吗？两个人就这样在一起不挺好吗？"

呸，他以为是小年轻同居呀！我的气不打一处来。不顾婆婆的阻拦，义愤填膺地去面见老伯的儿子。一个四十来岁文质彬彬的男人，在弄明白我的身份后不屑一顾，说我是儿媳妇，没资格和他说。我毫不示弱，义正词严地说："儿媳妇怎么了？我就是要主持正义。放心，我妈不会要你们家房子，为人儿女请不要太自私。早晚，那房子还是你的，我这就给你写保证。"然后，把我的记者证拍到了桌上。

我胜利而归。对郁闷的婆婆说："妈，你们放心结婚吧，他刁难不了你们，你们的事，我现在管，以后还管。"婆婆有些不相信我的能力。然而老伯的电话，让她相信了我的话并不是吹牛。婆婆握住我的手，眼里满含了感激的泪水，似乎我不是她的难缠的儿媳妇，而是女中豪杰穆桂英，是她老人家的大救星。

一个周末的晚上，我和老公正准备睡，婆婆敲门进来了，手里规规矩矩端着个首饰盒，边区人民似的要送给我。我知道是那块祖母绿的玉镯，祖传的，很贵重。我执意不肯要。如果我要了，会觉得自己很阴谋。尤其是在婆婆即将离开的时候。我突然有些舍不得了。鼻子一酸，眼睛里竟玩弄上了女人最拿手的眼泪。

婆婆把我揽到怀里，说："傻孩子，妈以后经常会回来的。又不远，天天可以见面的。你们忙，可以不开伙，天天过去吃。咱们永远都是一家人。"

我靠在婆婆的胸口上，反倒有些无地自容了。诚心诚意地叫了一声："妈！"泪水就流了出来。婆婆抚摸着我的头发，声音也哽咽起来，一个劲地说："怎么哭了呢，怎么都哭了呢！"

是啊，我有什么哭得？我不是已经心想事成了吗？婆婆这不也有了美满的归宿吗？我应该笑才是。突发灵感。我说："妈，这样吧，到时候我给你当伴娘。"婆婆和老公都笑翻了腰，说我搞怪也搞得太离谱了，自古以来哪有儿媳妇给婆婆当伴娘的？

我不管别人怎么看。赌气地对婆婆说："你不让我当伴娘，我就不收你的祖母绿。"

开　会

村支书高富贵昨天晚上酒喝多了，人不舒服。

他泡了一杯茶。漫无目的地欣赏着搪瓷缸上弯着的一行彩虹：农业学大寨先进村。彩虹的心部，是红亮的"高家庄"。这三个字光芒四射，漂亮极了，就像是太阳，把高家庄的每一寸土地都照亮了。就像是发给他高富贵的三张奖状，一下就贴到了他的心灵。还冒着烟，热气腾腾的。高富贵吸溜一口茶，手指在桌面上敲打起来，仿佛在酝酿、考虑什么重大问题。

那些漫无目的的指头，击打着、运动着，突然奔向了桌角的话筒。

高富贵把话筒拿到眼皮底下，摸一摸那上面的红布，英姿飒爽的样子，很像是一个女兵。高富贵手掌向下，开始抚摸女兵苗条的腰身。说实话，高富贵喜欢这妖精。他给予这妖精的激情远远超过了他的老婆。他离不开她。就好比高家庄的全体社员离不开他高富贵一样。这妖精，你别看她冷冰冰的，还有点生锈，一旦带了电，就会有一种非凡的魅力……

不知不觉，高富贵上流的手下流到了女兵的裙子，嗤的一声，潇洒地解开了女兵的皮带。高富贵咳嗽几声，清清嗓子，来了精神。他终于知道他要干什么了。

很快，高家庄的天空上飞翔的全是高富贵的声音，像一群迷途的鸽子，在光秃秃的林木上交叉回旋：

各位社员请注意，各位社员请注意，上午十点，上午十点，在村部，在村部，召开全体社员大会……

高富贵并没有用劲，那妖精却让他达到了震耳欲聋的效果。

本来，大部分社员还在被窝里，还不甚明白这亮起来的一天要干些什么。高富贵这么庄严地一宣布，踏实了。起码不用出工了。再怎么说，

开会是一项脑力劳动，不会让人强烈地啃噬到饥饿。

陆陆续续，一些社员从浓重的晨雾里探出脑壳，猫腰缩脖，一颠一颠向村部移动。那神色，就像是等不及要看电影的孩子。明明知道离开演还有很长时间，明明知道是旧电影——不错，换成今天的说法，他们就是高富贵的粉丝。只不过他们不知道罢了。

青蛙就是其中一位。

青蛙不是队长，也不是积极分子。青蛙是高家庄出了名的刺头。光棍一条。青蛙才不崇拜高富贵呢。青蛙崇拜的人是知青方清扬。可青蛙不拒绝开会。青蛙是个爱热闹的家伙。

更多的社员，往往在十点过后才姗姗来迟。

高富贵也不着急，抱着搪瓷缸，东张西望地看着他的臣民。

太阳迟迟不肯出来。空旷的大场上到处流窜的是寒雾。男人们一个个自以为是，靠墙靠树或是靠草垛猫着，两只袖筒自圆其说温暖地拢住。东歪西斜的样子，就像是一个个提不起来的狗熊。高富贵看着就生气。

女人们倒是坐得端端正正的。可他知道，她们的怀里都揣着家伙。通常是厚硬的鞋底，就像是一块诱人的锅盔，这帮头发长见识短的女人，走到哪里都舍不得扔下，都要见缝插针龇牙咧嘴地咬上几口。高富贵最恨无组织无纪律，三令五申开会不许干私活，不许交头接耳。可这帮臭娘们，其实更捣蛋，更不把他高富贵放在眼里。

高富贵这么居高临下地坐在迷雾里。眼睛里满含的是"哀其不幸怒其不争"的悲哀。

高富贵挺直身子抖擞精神，像个首长那样大声吼道：一队。

一队队长就站起来，报告应到多少实到多少。

不等三队队长起来，高富贵不耐烦了，皱皱眉，很生气地训斥几句。然后拔高音量，言归正传：安静，安静，社员大会马上开始，马上开始。

大部分人不再说话。换个舒适的姿势蹲着，眯眼寻找天上的太阳。

高富贵声音洪亮，振振有词，从十点半一口气讲到了十二点。太阳出来了，亮堂堂的。高富贵自豪地拨弄着桌面上的资料和文件，头抬得高高的，根本用不着低头去看。

高富贵也惊奇，自己怎么讲的这么好呢？滔滔不绝，似乎有说不完的话。高富贵相信这是一种才能，不是每个人都能拥有的。高富贵只是小学毕业，可他的讲话是全乡闻名的。正是基于此，高富贵确信他会一

直把高家庄领导下去，直到他死去。因为还没有一个人比他讲的更好，比他更像村长。

高富贵正讲的得意，青蛙不耐烦了，起哄嚷嚷，要村长讲点新的。

新的就新的。高富贵不怕他嚷嚷。就荤素搭配，从家庭的角度开始了他的"农业学大寨"。讲着讲着，高富贵肚饿了。认为应该发扬发扬民主。问：你们谁还有什么高见，讲一讲都知道，要散会了，准备撤退。

青蛙直起来大声说：让方清扬讲一讲。

高富贵清楚方清扬有知识有文化，有意让他给群众宣传"大寨"最新的动向，也好帮他扫扫盲。喊：方清扬，方清扬。

众人左顾右盼，不见方清扬。

有年轻人报告：方清扬上厕所去了。

厕所在大场的另一端，很简易的那种。方清扬当然听见了村长在喊他。他正躲在厕所里看书呢。直起身，朝会场那边摆摆手，又蹲了下去。

村民们哈哈笑，说这个方清扬呀，肯定是在拉稀。

高富贵说：来来来，青蛙，你和方清扬熟，你上来讲讲。

青蛙伸出手，握成一支枪，对准自己的鼻子，眼睛从逗号扩成问号：我？

高富贵从椅子上挪开，直接来请他。

青蛙左扭右斜，不上。

社员们哄笑，偏要把他架上去，好看他如何出丑。

青蛙扭捏，对着话筒推辞：我，我没有什么可讲的。

青蛙从来没对着话筒说过话，他很小的声音，却被这妖精放大了，有了一种修饰的味道。

青蛙又推辞了一遍：我，我没有什么可讲的。这一次，他感觉到了奇妙，使他兴奋起来。

于是他也学着村长那样吹吹气，似乎真的要演讲了。

会场顿时静寂下来，期待着。看他青蛙的嘴里会吐出怎样的象牙？

连续吹了十几口气，青蛙还是没有想好。青蛙的头上开始冒汗。其实也不完全是紧张。青蛙固执地认为，讲话就应该有讲话的样，就应该像村长那样，讲得光明正大，头头是道。

青蛙显然是自己把自己难住了。嘴还是他的嘴，嘴里却再也找不出一句有用的话。

青蛙知道自己不能再吹气了。再吹就成蛤蟆了。

青蛙大声说：毛主席万岁！村长万岁！

社员们一个个笑得人仰马翻，欢天喜地。

村长圆满地收起话筒：散会。

警 服

如果脱掉警服，估计谁也不会相信胡德铭是一名刑警。

胡德铭瘦瘦的，小眉小眼的，个头才一米六零。这样的人混在人民警察的队伍里，多多少少会让我们对国家和人民财产的安全感到担忧。

想当初，胡德铭的老婆刘金花和他初次见面，心凉了半截。第二次约会，本打算说拜拜的。然而这次胡德铭换上了警服。就是这身警服，把胡德铭救了。穿上警服的胡德铭，眉宇间顿时有了一股英气，威风凛凛的。连走路的姿势，都昂首阔步，有了几分男子汉的气概。刘金花常常在胡德铭的面前提起这件事。时间长了，那取笑里又像是有了赞美。胡德铭更热爱他的工作了。平时也舍不得脱下那张皮。无论多热的天气，他都把制服穿得整整齐齐的，以此来捍卫他作为一个男人的尊严。

确实，便衣胡德铭和刑警胡德铭根本就是两个完全不同的人。在家里，在床上，胡德铭就像是个孩子，被刘金花惯着，宠着，数落着。有时早上起来，穿好警服的胡德铭在镜子里会突然止住，看着眼前的自己发呆：硬邦邦的警服笔挺地将他竖立起来，大盖帽在脸上投下铁灰色的影子，像一只鹰，神色刚毅。他奇怪地惊叹着它的魅力。好像不单单是"人靠衣装马靠鞍"那样简单。这身警服，除了定义了他的身份，更源源不断给予了他力量。胡德铭初中毕业就当了兵，后来又稀里糊涂地进了公安局，成了一名刑警。胡德铭感谢这身警服，它不但挽救了他的婚姻，也挽救了他的人生。胡德铭不能设想，如果没有这声警服，他会成为什么？

车夫？小贩？环卫工人？还是收破烂的？

胡德铭心平气和地承认，这些并不是都没有可能。

当初胡德铭刚进警局，就一直对自己的能力持有怀疑。然而渐渐地，他明白了，一个抓坏蛋的人，他的成功与否其实并不取决于他自身的力

量，而是来自于警服，国家的力量。也就是在那一刻，胡德铭对"名正言顺"这个词有了深刻的理解。胡德铭不再为自己矮小的身材自卑了。他感谢警服。并深谙警服赐予他的力量。胡德铭抓的坏蛋愈来愈多，身手愈来愈矫健，成为了刑警队的骨干。据说要不了多长时间就会提升为队长。

这次，警局接到一个棘手的案子，要他们刑警队去侦破。

这是一个贩毒团伙。据得到的情报，最近要在乌龙山一带交货。

为了把犯罪团伙彻底端掉，警局决定：派一名卧底打入敌人内部。研究来研究去，认为胡德铭最合适。谁都知道，便衣的胡德铭，最不像警察。最不容易引起敌人的怀疑。再者胡德铭政治素质过硬，工作干得一直很出色。

胡德铭虽然不喜欢自己便衣的模样，但他认为做一个便衣警察更具有挑战性。事实上每年春节期间的打黑反扒行动，胡德铭都是绝对的主力。他穿一身从门卫刘大爷那借来的皱巴巴的羽绒服，在广场，车站，地道里孤独地走着，他并不会觉得自己是一个瘪三。因为他的身上有枪，有手铐，有证件。他总是能做到出人意料，使犯罪分子瞠目结舌。

然而这一次是卧底。他必须得暂时解除国家赋予他的一切威严，像一个小人物那样去游走。胡德铭小时就是在贫穷的郊区长大的，他对那些不务正业者有着很深刻的了解。因此虽然局长一再交代，贩毒分子都是丧心病狂的家伙，心狠手辣，一定要小心。胡德铭还是信心满满，认为自己一定能圆满完成任务。

按预定计划，胡德铭和一名吸毒者挂上了钩。然后又通过吸毒者认识了那个要去接货的老板。胡德铭顺利地来到了交货的现场。和得来的情报基本吻合。

胡德铭清楚，同事们早已在周围埋伏好了，只待他在合适的时候发出信号，就可以瓮中捉鳖，大获全胜。

胡德铭紧紧守在老板身边。手里握一把枪，吊儿郎当地作出一副凶相，露出他手腕上的一条伤疤。那伤疤，是他和老板歃血同盟的见证。

老板深思熟虑地抽了一会烟，把烟屁股吹到了地上。很快，手下提来了一箱钱，文质彬彬地放在了贩毒头目的面前。

贩毒头目是个魁梧的家伙，穿一身黑风衣。静在那里，人不动眼珠动，察觉最后的气氛。

胡德铭也不动，心跳着。黑寂的山头上只见被夜风呼呼摇晃着的火把。

胡德铭等待着。只要贩毒头目也把烟屁股吹到地上，那装毒品的箱子一露面，他就解放了，可以"咳嗽"了。

贩毒头目继续抽烟。

突然仰脖撕开领口，露出了一身警服。

胡德铭不知所措。老板和手下仓惶逃窜。

瞬间，一把枪抵在了胡德铭的脑门上。

胡德铭意识到，上当了。他后悔自己为什么不和老板作出同样逃窜的举动？他无法在第一时间伪装出对警服的恐惧。

胡德铭知道，不能再犹豫了，他必须在贩毒头目作出指示前发出信号，兴许毒品还在周围。

胡德铭"咳嗽"了。咳嗽的同时把枪举向了贩毒头目。只是，他还没来得及扣动扳机，脑壳就开了花。

审讯室里，狡辩的贩毒头目试图打岔，多次得意地说起了他身上的警服。因为他以前，本来就是一名人民警察。

同事们看着胡德铭惨不忍睹歪斜的尸体，悲恸不已。他们决定，要最后一次为胡德铭穿上警服，以无愧于他英雄的形象。

事实上，胡德铭是穿着警服火化的。

只有刘金花明白，她的丈夫有多么爱它。

结 巴

建军是个口讷的人。

了解他的人都清楚，建军的肚里其实装着很多的货，说上知天文下知地理一点也不为过。只是道不出来。有点像人们常说的那个"茶壶里的饺子"，再香再美，却不出来，真让人着急。

谈女友不比其他，可以慢慢来，日久见人心。现在的女孩，普遍比较喜欢能说会道的。三分钟就要看出你的面目，行与不行，都痛痛快快的，免得浪费时间。

这一来，建军吃亏了，总是跟不上趟。舌头在嘴里划来划去的，攒了很大的劲，还是走不快，成了一条在原地打转的船。建军常常为自己的笨嘴笨舌感到窝火。就像是一捆上好的柴，好归好，却是湿的，不能立即上市，充分燃烧，需要时日慢慢滤掉其潮湿的水分。

建军明白，没有哪个傻女人愿意给他时间。

建军越来越自卑。后来就成了结巴。

眼睁睁，一起参加工作的朋友都结了婚，有了孩子。建军变得越来越孤僻。不爱说话。

在班上，建军也不怎么和同事开玩笑，只顾埋头干活。然而他是班长，得领导组员，因此就必须得说话。建军的工作术语基本流畅，没人取笑他。也没人太把他当回事。都私下里说，一旦老厂长退休，他结巴建军就会一文不值。就会成为垃圾里的一块铁。

老厂长重用建军，倒不是同情他，而是喜欢他的任劳任怨。这样的人正在一天天减少，在老厂长的眼里是宝贝。老厂长告诉建军，该怎么管就怎么管，该说什么就说什么，错了也不打紧，错了有他顶着。

建军对工作就越来越认真。时不时，有组员不服气，和建军吵。建军理直气壮，据理力争。却总是闹笑话。吵架时的建军，就像是一个车

夫在爬坡，关键时刻，舌头就开始在嘴里打滑，上不去。建军伸长脖子，青筋暴跳，脸憋得通红。到最后，反倒是吵架者心平气和地劝他：值得吗？为这么芝麻大的小事！

建军意识到，他们可能是故意的。

从此之后，建军在班上也不怎么说话了。都是多年的同事，一个眼神一个举动，就知道接下来该干什么。倒也相安无事。

两年后。老厂长退休了。还真像他们说的那样，建军立马从组长的位子上滚落下来，成了一块生锈的铁。新组长，自然是个能说会道的家伙。新厂长说，这叫与时俱进嘛。

好在建军也不在乎。继续上班下班，一个人孤孤单单地看看书，听听音乐，游玩游玩山水。

一天，建军在褒河连城山的一片树林里驻足，头顶呼啦啦落下来一群鸟，有画眉，有八哥，有喜鹊，有戴胜，还有几种说不出名字的漂亮的长尾巴的鸟。鸟儿们仿佛在开音乐会，叽里呱啦轮番唱了起来，一点也没把他放在眼里。

建军灵机一动：是呀，我说话结巴，为什么不唱唱歌呢？

建军就在山上唱了起来。居然并不像他想象的那样困难。很自然地，他听见自己的声音绸布一样光光滑滑地从他的嘴里源源不断地抽了出来。

建军惊讶地发现，原来唱歌和说话并不是一回事。它们共用着同一条声带，却可以做到井水不犯河水！

建军为他找到了这么好的表达方式而兴奋。他索性爬到树上，坐在树杈上，豪迈地唱了一曲《滚滚长江东逝水》。居然和杨洪基唱得一样激昂雄壮！他一边唱，一边被自己的声音惊呆了。那江水一样浑厚的声音哗啦哗啦地拍打着树梢，就像是一阵风，把他全部抱紧了。鸟们也叽叽喳喳地加入进来，给他伴奏。建军愈唱愈激动，恍惚是一个歌星，在举办一场声势浩大的个人演唱会。唱着唱着，建军哭了，抒情的双手在空中挥舞着，一会摸摸肚皮，一会摸摸喉咙，似乎他的肚子是一个尘封的水库，现在总算是意外地找到了一个出口，让他有些匪夷所思，悲喜交加。

从那之后，建军迷恋上了唱歌。甚至试着以唱歌的方式来说话。这样一来，每句话都被赋予了一种高贵的气质，就像是华彩，全方位弹奏出了窝在建军肚子里的那些出不来的东西。让听到的人都感到惊讶。

后来，建军辞去了工厂的工作，过汉水一路向南，在巴山深处找到了一家林场。他不善说话，却用歌声打动了林场里仅有的几个孤单的男人。从此他心满意足地当上了护林员，几年时间，他没有迈出大山一步，在峻岭里穿行，巡山护林，引吭高歌。

正是在这段时间里，建军用歌声迎来了他的姑娘，大山深处一位唱山歌的羌族少女。

再后来，大器晚成的建军成了一位出色的歌唱家。

已经没人相信，他曾经是个结巴。

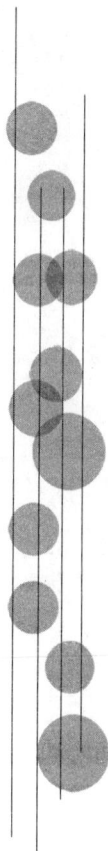

送 礼

在办公室里干了多年，至今还是个跑腿的，这多少让人郁闷。

再加上前段时间，同学聚会，眼见着昔日的哥们如今当官的当官，发财的发财，更是让我大受刺激。回家和老婆一说，老婆鼻子一哼，满脸嘲笑："怪谁？怪你自己！"

是的，本人业务能力还算不错，但就是不善交际，不会来事。尤其对领导，我向来是敬而远之，至于拍马溜须那一套，就更学不会了。

老婆挖苦说："笨！而且犟！不会学呀，谁生来就会？不送礼不献媚不学'才艺'，你拿什么混？你以为你是牛顿呀！"

其实老婆不挖苦，我也该反思。毕竟，一个男人混到了四十岁还没有一官半职，终归是自己无能。我承认失败，虚心接受，笑呵呵对老婆说，那行，我以后听你的。

老婆满心欢喜，惊喜我没白受刺激，能够迷途知返，也算浪子回头，要我从长计议，从头再来。

接下来的几天，我俩探讨的都是官场和厚黑。老婆旁征博引，献计献策，说只要我与时俱进，重新做人，按她教导的去做，定有出头之日。

过了理论关，老婆和我联系实际，研究具体对策。老婆有个同学开了家美容院，而我们处长的夫人正好是她们美容院的白金会员，闲聊时听说，处长夫人有个心愿，想去四川九寨沟走走。老婆认为这条信息就很有价值，应该可以做做文章。

怎么个做法？我问老婆。

投其所好，曲线救国呗。

第二天，老婆就给我拿回了两张九寨沟双飞套票，让我在适当的时候送给处长，如果处长惊诧，就说旅行社有熟人，最近搞活动，价格优惠，便想着给处长大人弄了两张，刚好可以趁五一和夫人出去散散心。

我问，多钱一张？老婆知道我抠，不告诉我，只是说，舍不得孩子套不住狼。为了理想，大气一点嘛。

老婆知道我没有实战经验，怕我临阵乱了方寸，又铺开纸和笔，周密地给我路演了一遍，把各种情况都考虑了进去。然后为我宽心，给我壮行，等待我凯旋而归。

下午一上班，我就密切关注处长的动向。趁下班前的十分钟，我溜进了处长办公室。按老婆的教导，我尽量装出一副嬉皮笑脸又轻描淡写的架势说："处长呀，您平时领导我们工作挺辛苦的，我有个同学在旅行社工作，最近有活动，价格优惠，我顺便给你弄了两张，刚好可以趁五一和夫人出去散散心。"处长惊讶地看着我，继而语气严厉地批评道："小杨呀，你怎么也学会了这一套？你把我当成什么干部了？乱弹琴……"处长反应如此激烈，超出了我的想象，我顿时有些手足无措，心里暗暗叫苦，这礼送不出去，岂不是偷鸡不成反蚀了一把米。见我面红耳赤的样子，处长的口气软了下来，语重心长地说："以后别再搞这一套了，这票还能退回去吗？"

我沮丧地说："肯定不行。"

"你呀你，你让我说什么好呢？"处长略加思索说，"你们两口子出去逛一趟好了，这票我不能收。"

我说："不凑巧，我弟弟五一要结婚，我们得回老家。"

"那这咋办？"处长长叹口气。

我惊讶老婆的神算，这谈话的进程竟然完全被她预料到了！口气松动，必定有戏，心里不由一阵窃喜。

处长手指酝酿着，突然欢快地敲了几下桌子，爽快道："这样吧，票退不了，浪费了也怪可惜，要不，我就买下来吧——下不为例哦。"说着拉开抽屉要取钱。我哪里敢再待下去，长舒一口气，慌慌张张地出了办公室，整个人跟做梦似的。虽小有波折，总算大功告成。老婆夸我朽木可雕，是可造之材。

我问老婆，那双人套票到底多少钱？这套狼的代价是不是也太大了点？

老婆不容我心疼，对我又是一番洗脑和励志，还拿出了孙中山的名言：革命尚未成功，同志仍需努力。

我说，我努力，钱打了水漂，你可别怨我哦。

老婆自信地说，"我乐意"。

第二天，我正整理文件，同事小唐喊我，说处长让我到他办公室去一趟。我暗喜，看来真有效果，处长会对我说什么？不会这么快就提拔我吧？

我恭恭敬敬地来到处长办公室，准备双手迎接胜利的果实。哪成想，处长一见面就拍我的肩膀："小杨呀，你可真有能耐，帮我个忙吧，我那个闺女呀，任性的很，听说我们两口子五一要去九寨沟，死活也要跟着去，你说，都成了家的人，还这么腻——要不，你去跟你朋友说说，再给我弄一张，行不？"我愣在原地，半天才反应过来。心里那个高兴呀！就像是梦里踩着无底洞！

美 人

　　大龄青年朱印文喜欢美女，这是单身楼人人皆知的事情。刚进厂时，有个叫王芳的姑娘喜欢朱印文，可朱印文嫌人家长得不够标致，接触了一段时间，便把人家给甩了。

　　朱印文喜欢美女，已到了痴迷的程度，房间里到处贴得是美女的照片，有国内的，国外的，更多的是古代的美女，除了人人皆知的四大美女，还有优伶歌伎，狐仙村姑。

　　因为一直找不到合适的对象，再加上家里逼得紧，朱印文也很烦恼，整日恍恍惚惚，除了上班就是窝在宿舍里看书、睡觉、听音乐，不修边幅，不爱与人交往，连衣服都懒得洗，整个人就是自闭的状态。让关心他的人就发愁了，再这样下去，可怎么了得！

　　朱印文长得帅，家庭条件也不错，在个人问题上挑剔一点本无可厚非，可他不该死心眼，迷上了美女就认定了一定要娶个美女做老婆。这世上，哪有那么多的美女等着你朱印文来挑？人家美女还挑富翁呢，你朱印文一介小职员，也不掂量掂量自己的轻重？

　　朋友们劝朱印文，就是这样直截了当地说的，可朱印文怪，你越刺激他，他越执迷不悟，继续抱定着舍美人不娶的架势，给人便有了几分不合时宜的清高。后来，朋友们懒得理他了，让他和美人一起自生自灭吧！一晃就成了大龄青年。

　　这天，朱印文下班回来，发现被子叠得整整齐齐的，房间也收拾得干干净净的。朱印文以为是室友黄渤在警醒自己，也没在意。可第二天，第三天，房间依然被收拾得干干净净的。朱印文忍便不住给黄渤打电话，说你雷锋做得也太高尚了吧。黄渤乐了，说我平时不回宿舍你是知道的，只在上夜班时偶尔住一下，我怎么会天天跑去宿舍给你叠被子收拾房间！我倒是想做雷锋我没那么多的时间呀。

宿舍里就住朱印文和黄渤两人，不是黄渤，那会是谁呢？难道遇到了鬼不成？

朱印文不相信有鬼。但他小时听过画中人的故事，画中的仙女不但美，还善良，不嫌贫爱富，最后和穷苦的砍柴人做了美满的夫妻。朱印文想，难道是画中的哪个美人同情他，在暗中帮他不成？朱印文看看窗外皎洁的月光，不由得心里一阵清凉，又有些许芬芳。

更奇怪的事还在后头。一天朱印文下班回来，不但房间整洁，桌子上还放了一个提篮，篮子里放了一个瓦罐。打开一看，是蘑菇炖鸡。朱印文当即恍惚了，不由热泪盈眶！他想：或许，真的是自己的忠诚把画中的哪位美人给打动了吧。他喝醉了酒似的，脚步踉跄，喃喃自语，摇摇晃晃地在宿舍里旋来转去，用手掌挨个去抚摸那些美人的脸庞。她们好美呀！好让人感动！

那么，究竟是哪位神仙妹妹为他下凡来了呢？

接下来的很多天，奇迹依然发生。朱印文便生出了要见美女的愿望。不是画中人，而是真真正正走下来给她叠被子、打扫卫生、给她炖鸡汤的那一位。

这天星期一，朱印文提前请了假，提前把自己收拾打扮了一番，在镜中一照，还真有点像古代的书生，有那么玉树临风的味道。

可是，神仙很警觉，他该怎么隐藏呢？

朱印文完全拉严窗帘，天未亮便悄悄从床上爬下来，出溜一下钻到了床底下，然后在八点钟准时地用事先准备好的竹竿拨开了窗帘，用鞋底打出了上班去的脚步声。

一切都天衣无缝，朱印文想，只要美人肯下墙，他一定能逮个正着。那么，到底会是墙上的哪位美人呢？朱印文激动不已。

等了很长时间，房间里没有丝毫的动静。朱印文的胳膊都麻了，可为了理想，他只有咬牙坚持着。

一直到十点多，房间了依然没有动静。朱印文不甘心，继续趴着等待。由于昨晚太兴奋，失眠了，不知不觉竟睡着了。

待朱印文一个激灵醒过来，他确信自己千真万确地听见了什么。是的，是叠被子的声音，轻轻柔柔的，又丝丝滑滑的。接下来，是扫地的声音，沙沙沙，沙沙沙，春蚕吐丝似的，美妙极了！朱印文再也控制不住了，他一个蛤蟆跳爬了出来，抱住他的美人。

这美人，不是别人，是王芳。

朱印文惊呆了。王芳也吓得不轻，说你搞什么鬼？没个正行。

朱印文纳闷，王芳一个结了婚的女人，孩子都五岁了，为何要偷偷地照顾自己？何况，是自己曾经把人家给甩了呀。

朱印文感到很尴尬，一时不知说什么好。他忽想，莫不是王芳婚后过得不幸福，对自己依然念念不忘？

王芳似乎看出了朱印文的歪想，坦坦荡荡地说："好了，既然你已发现，我也就不瞒你了，宿舍钥匙是黄渤给配的，我来替你收拾房间，没别的意思，就是希望你能振作起来，不要再一味地迷恋那些虚幻的美人。听我的劝，好姑娘多的是，你得学会接受现实。美不是用来看的，而是过出来的。学着去欣赏那些平凡的事物吧……大伙都挺关心你的，你懂吗？"

朱印文的泪水当即就流了出来。在这一刻，他真真切切地觉得王芳实在是太美了——怨只怨自己有眼无珠，把到手的美人拱手让人了！

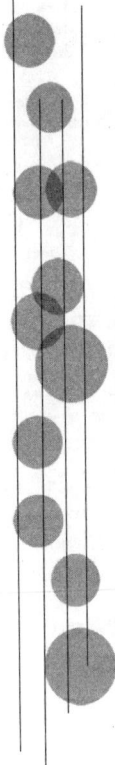

糖

许多年过去了，我时常会想起山槐嫂。想起她给我的那粒糖。

那年我八岁，村里的光棍汉老陈秃娶了个外地媳妇。我妈悄悄说，这媳妇是老陈秃花了几千块钱买回来的。一天晚上，我从同学家里回来，一蹦一跳走到村口，看见那个外地媳妇鬼鬼祟祟地从路边的树荫里钻了出来，手里还提着一个包。她一脸慌张，撞到了我身上。

我"哎哟"一声尖叫，那外地媳妇也吓了一跳。她忙从兜里掏出一粒糖，递给我说："娃子，千万莫对别人说看到我了。要是你答应，这糖就给你！"

我答应了，接过了那粒糖。外地媳妇舒了一口气，往北边的小道跑去。我吃着糖往村里走，看到老陈秃气急败坏地带领几个小伙子举着手电筒赶来了。

老陈秃看了看我嘴里的糖，恶狠狠地问："见到我媳妇了吗，娃子？"我摇摇头，不说话。毕竟我答应了那外地媳妇要保守秘密。

老陈秃跺跺脚，威胁我："娃子，我还欠你爸一千块钱。这媳妇是我花钱买来的，要是你不告诉我她去了哪里，找不到媳妇，我就不还你家钱了！"

我急了，一千块钱在那时候可是大数目啊！我马上带着老陈秃他们往东边的小路追去，终于，在那外地媳妇快跑到镇上时把她给抓了回来。

后来，那个外地媳妇有了孩子，便不再跑了。我们称呼她为山槐嫂，因为她的老家在很远的大山深处，反正是很穷很苦的一个地方；另外她的名字里有一个槐字吧。山槐嫂个子不高，一年四季穿一身蓝布衣服，不太和人说话，只顾埋头干活，偶尔在巷道里走，也是顺着墙根，像是一团潮湿的影子。

　　再后来，我外出读书，就很少回老家。一年寒假，无意中从母亲嘴里得知，山槐嫂死了。据说，她得的并不是什么不治之症，只是需要花六千多块钱，而老陈秃却认为山槐嫂买来时才用了四千块，现在一下为她花那么多钱，不值。结果，山槐嫂就无声无息地死在了家里。

　　山槐嫂的荒坟就在村前路口，每次回乡经过，我都心存愧疚，想起她给我的那粒糖。我常想，如果我当年信守诺言，坚守秘密，逃脱出去的山槐嫂又会是一个怎样的人生？

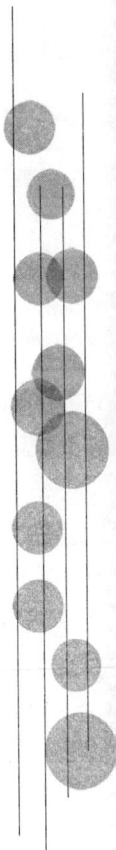

圆圆的饼干

我小时候最想吃的东西便是饼干。饼干不同于糖，不但好吃，还金灿灿，圆圆的，上面压有漂亮的花纹。

事实上，我第一次吃饼干是在我八岁那年。我拿在手里，转来转去，就像是一个精美的车轮，我实在不忍让它停下来，被嘴巴所破坏。

因为我清楚，这是一个惊喜的意外，我必须珍惜。或者说，我是想慢慢打开饼干在我想象里盛开的那种高高在上的优雅和甜蜜。我的运气真好！在好伙伴铁牛家玩，他家八百年都没来过的一个亲戚从天而降。从衣着和举止，一看就是从城里来的。那男人看见铁牛，迅速从包里掏出一盒饼干。铁牛妈才准备去接，已撕开了，热情地往铁牛手里塞，顺手也给了我一个。我两只手扣着，围着那男人转。铁牛啊呜一口把饼干咬成一轮弯月亮，甜脆地笑着。男人说：吃，快吃，这些都是你们的。铁牛妈把我拦住，小声说：回家去。

我不。继续围着男人转。男人看我只是把饼干握在手里而不吃，也许觉得奇怪，对我说：吃吧，握在手里时间长了就潮了，不脆了，吃吧。

我至今想起那个叔叔，都心存感激。忍不住要流泪。我觉得他是我记忆里最善良最完美的男人。因为我和他毫无瓜葛，他却慷慨地给了我一个圆圆甜甜的饼干，还诚心诚意地劝我快吃，鼓励我，抛开羞涩贫穷不计成本地去落实一个孩童应有的味觉。在叔叔的鼓励下，我把饼干轻含齿尖，盯着叔叔，郑重地，准备在他温柔的目光里缓缓揭开饼干金黄的纱衣。可铁牛妈已经忍无可忍了。她直言不讳地表达出了对饼干的崇拜。她不耐烦地训斥我：回去吃去。滚回去。

不知趣的我，握着饼干知趣地跑了。

我在巷道里又蹦又跳。跑几步，把饼干亮开，看看它的光芒，确定

一下。然后又捂住，像是捂着一个激动人心的秘密。然后是下一轮的跑跳。那愉悦兴奋的劲头，现在想来，就像是今天的奥运冠军，脖子上挂着金牌，除了又跑又跳，似乎已找不到更恰当的方式来表达他对世界的赞美和热爱。是的，那一刻的我，手心确确实实是拥有了一轮金黄甜蜜的太阳。在那个瞬间，它足以驱散所有的贫穷和荒凉。

我就一直把它揣在手心。太珍贵了！我无法大大方方地表达出对它的热爱。我估计是意识到，它无法给予我持久的圆满。它再怎么好看，也仅仅是一块饼干。只要我的牙齿一动，它就碎了，消失了，很可能是永远消失了。再也握不住了。

我就一直把它揣在手心。像握着一轮幼小的太阳。我几乎已经忘记，它是美味的食物。我也搞不明白，它是怎么稀里糊涂被神话的。它更像是一个礼物，一个见证。它在见证着我的什么？

总之，我把它反复捂住又敞开，似乎在玩一种好玩的游戏。然而，一块不在嘴里的饼干，又究竟有什么好玩的呢？我不清楚。只是迷恋。

我想，即便是吃，也要回去，让妈妈、让哥哥姐姐妹妹弟弟看见，当着他们的面，让他们一起来分享我的甜蜜快乐。我那单纯的想法里，似乎已经意识到：一种美味，如果不是被羡慕引领并见证着，就不能算是美味。就像是一把燃烧在锅外的柴，多多少少有些浪费的成分。

就这样，我被我热爱的东西束缚住了。迟迟不肯伸出贪婪的舌头。就这样握着，多好！一直握着，一直拥有。

我就一直把它揣在手心。被它照耀着，愉快地在破败的村庄里穿行，回旋，唱歌。我要回家。回家。

当我回到家。我满脸通红大功告成激动不已庄严宣布：让全家人注视我的手掌——把谜底揭晓。

然而，圆圆的饼干，不见了。成了一堆难看的粉末，黏糊糊的。

被我演练了无数次的奇异的效果，在那一瞬间，全熄灭了。我感觉自己像个失败的魔术师。眼泪顿时止不住涌了出来。我憎恨自己。对自己发起了脾气。我把那珍贵的、被我白白糟蹋了的东西，扬手撒了出去。

母亲没时间理我，而是飞快地蹲下来，像鸡吃食那样精心地捡拾。哥哥姐姐弟弟妹妹也蹲下来，齐心协力替我挽回。

然而我知道，覆水难收，圆圆的饼干是无法挽回了。我喜欢它！又

毁了它。这究竟是为什么？

母亲看我还在生气。把那收回的金黄色的粉末给每一个孩子嘴里喂一点。

都冲着我笑，诱惑我，说甜，真好吃。

母亲便把那最大的一块塞到我嘴里。我的舌头动了一下，眼泪笑了一下。于是永远记住了饼干的味道。

信

　　邮递员叶青青骑着墨绿色的自行车，沿惠民渠一路向南。这是一片丘陵地区，水渠在坡梁上蜿蜒而行，像一条藤。而坡底一路散开的村庄，就是这藤上的瓜，一共有五个。

　　这里经济相对落后，信件依然是连接外部世界的主要方式。叶青青本来在邮局坐柜台，只因老邮递员得了重病，她临时顶替一段时间。叶青青嘴里哼着歌，一路骑车一路左顾右盼，九月的坡梁上到处是金桔，是一垄一垄欣欣向荣的玉米。叶青青骑了一会，出汗了，在渠里洗把脸，歇息一会，顺藤去摘她的最后一颗瓜：陈家湾。

　　离老远，叶青青又看见了坡梁上站着的那个人，心里"咯噔"了一下，这老汉，已连续三天在坡梁上等她了。叶青青清楚，今天依然没有他的信。她都不知道该怎样面对他了。至于吗？其执着的等待让她有些别扭。一方面她不忍心看见他失望的样子。

　　老人对叶青青说过，他叫陈有粮，在等他儿子的信。叶青青猜想那应该是一封很重要的信吧。要不，他为什么要这样苦等苦盼，大动干戈呢？难道，他儿子在外面出了什么事情？或者？……

　　叶青青胡思乱想着，离老人已经近了。老人身体前倾，张开右臂，殷切地咳嗽起来，算是向她询问。叶青青从车上下来，摇摇头，准备从老人的身边过去。老人却一把抓住后座上的邮包，摇晃了一下："姑娘，真没有？"

　　叶青青点头。她本想问问他，究竟是什么事让他如此心急？可她觉得不合适。

　　老人看叶青青要走，搭讪着说："姑娘，你是刚调来的？"

　　这样的问候老人已说过多次，叶青青笑笑，不知道他想说什么。

　　老人的嘴巴一阵哆嗦，半天却说不出一句话。是啊，一封等待中的信，没到就是没到，又有什么好问的呢？老人自己都不好意思了，他灵机一动，讨好地说："闺女呀，要不，我帮你把信件带到村长家，你就甭跑了。"

叶青青初来乍到，对各家各户不熟，因此一般都是把信件送到各村的村长家就行，不必挨家挨户去跑，老邮递员也是这样交代的。可，让老伯把信件捎回村，叶青青认为有些不妥。

于是他们便一路往村里走。叶青青边走边打量眼前这个寡言的老人。老人面容消瘦，气色不是很好。他的一只手一直斜卡在腰里，走路的姿势就像是一只鸭子，有些摇晃。叶青青说："老伯，你儿子在外打工？"

老人摇头。

"那是在外上大学？"

老人还是摇头。像是在思虑什么问题。

叶青青觉得无趣，准备骑车先走。老人却一把抓住她的车，来了精神，唠叨起了他的儿子。老人说，这不，国庆阅兵马上就到了嘛，他的儿子在国旗护卫队，正加紧训练呢，好家伙，那要求才叫严格呢，脚尖，手臂，连下巴……老人说得绘声绘色，滔滔不绝，一副自豪的神情，仿佛他亲眼见过儿子的训练。叶青青半信半疑，心想这是高兴的事呀！能有什么事情让他如此心焦呢？

回到所里，叶青青把凭据夹好，着手分拣第二天的邮件。翻着翻着，眼睛一亮：陈有粮。确实是陈有粮的汇款单。金额是 2000 元，地址是北京某部队。叶青青兴奋极了，她终于可以使老人不再失望了。

下班后，叶青青决定专程跑一趟，给老人送过去。她猜，老人肯定是急等着钱看病，现在这社会，没钱寸步难行。早送到早让老人安心。

陈有粮老汉抖抖索索地接过汇款单，脸上却并无开心。

他急切地问："信呢？信在哪？"

信？叶青青只好宽慰说："兴许，还在路上走着吧。"

老人把汇款单扔到床上，坐下来拍大腿："这娃娃，怎么就不知道做父母的心呢！"

叶青青忙把汇款单捡起来，指给老人，读上面的附言："一切都好，国庆后即回。"

"好个屁！国庆后回来黄花菜早凉了。这娃娃，怎么就不知道做父母的心呢！人家张菊花等他回话呢，愿意还是不愿意，他也该写封信呀。

他再不回话，人家张菊花就要和别的男人结婚了……"因为激动，老人开始剧烈咳嗽，抱着腰痛苦地扭曲着。

叶青青不知所措，围着老人干着急。屋子里空荡荡的，连个暖水壶都找不见。

陈有粮喘了一会，平静下来，对着叶青青笑，叫她别害怕，没事，没事。

陈有粮不再批评儿子，他拿出儿子的照片，让叶青青看。那照片上的背景，的确是天安门广场，而照片上的那个英姿飒爽的青年，也的确停留在手执国旗、昂然抛撒的一刹那。

叶青青忍不住惊叹道："这么有出息的儿子，还愁找不到媳妇！"

陈有粮眼睛一亮，说："好姑娘，你有对象不？"

叶青青脸红了，起身要走。

老人执意要送叶青青，被叶青青拦住了。只是，她刚走几步，被老人叫住了。老人倚在门框上，叮咛叶青青，过几天，一定要到他的家里来一趟，他有一封重要的信要寄给儿子。

叶青青自然把这事记在了心上。

几天后，叶青青送完信从村长家出来，往陈有粮家走，迎头看见巷道里来了一长溜送丧的队伍。叶青青纳闷，还侧身傻傻地看了一会热闹。一进院，愣住了，顿时明白发生了什么。她冲进屋，看见桌子上端端正正摆着两封信。一封是写给陈家强的，另一封，竟然是写给自己的。

叶青青没有立即把属于自己的那封信打开。她感觉这信封就像是一口棺材，装载了死者所有的寄托和重量。她已经大致猜到了那里面的内容。她噙住泪水，把两封信揣在怀里。她告诉自己，她是邮递员，她目前的任务，就是践行对死者的诺言，把它们及时地发送出去。

至于以后会发生些什么？她不愿也没有精力去多想……

饿

张小倩最近有些馋。见什么东西都流口水。以前听人说过，怀孕的女人过了反应期就是这么一副德行。难道，是自己怀孕了？谁的孩子？她自己都闹不清楚。

张小倩本是个老实朴素的女子，来自于陕南的一个穷山村，在省城西安打工已有些年头了。张小倩什么样的苦没吃过，什么样的人情冷暖没经历过。怎么不知不觉，就变得如此金贵了呢？张小倩馋极了，就买点草莓樱桃之类的水果犒劳一下自己，至于那些在电视烹饪节目以及酒店广告牌上时常出现的让她梦寐以求的各式大餐，她也就卧在沙发上咬紧嘴巴想想而已。张小倩的家庭条件和她所受的教育，决定了她不允许自己有不切合实际的非分之想。她骂自己贱货，才过了几天城里人的好生活，就牙疼了？不知天高地厚了？得了吧，牙疼不是病，嘴馋也不是病，都是富贵人养成的坏毛病。

为了抵御嘴馋的坏毛病，张小倩一看见电视里的美食节目，就果断地用遥控器毙掉，特意换成台湾产的那种爱恨情仇缠绵悱恻的家庭情感大戏，以希望自己能看进去，暂时忘掉现实中自己。可是，不能啊！一看见那些有钱多情又绝情的成功男士，她的胃就咕咕叫上了，挠心挠肺排山倒海的架势，似乎他们就是丈夫，闹得让她要呕吐。这时候蜷在沙发里的张小倩就像是一只猫，双手捂着嘴，眼睛发光，浑身发抖，样子有些狰狞。仿佛有一股奇异的力量已经控制了她的身体，让她瞄准，扑上去……恍惚之中，那电视里的每一个男人都像是一盘烧鸡烤鹅或是海鲜，秀色可餐，香气扑鼻。

张小倩能感觉到，她已经完全变了一个人。原来那个简简单单循规蹈矩凭着自己的体力发家致富的张小倩，突然之间隐匿了，找不见了。取而代之的是个有着强烈欲望的张小倩。这种陡然之间的变化，让她吃

惊，害怕，同时又藏着一丝好奇和兴奋。张小倩安慰自己，管她呢，听天由命吧，既然已经成了这么一副德行，就不能亏待了自己。张小倩之所以这么想，在于她发现自己在被饥饿感困扰的同时，也不知不觉获得了一种奇异的力量——不怕你听了害怕，就是一种可以自如变容的能力。张小倩饿极了，就在镜子前端坐下来，仔细画眼，描眉，漂洗皮肤。

张小倩目前最馋的一样的东西，是燕窝。这东西张小倩自然没享受过，但是听说过。不是从"鱼翅燕窝"的词语里来，而是，张小倩的老家红寺湖，有着很多溶洞，那些溶洞里，据说以前就有这稀罕的玩意。张小倩还是一个少女时，曾听村里人议论，有一个女知青，临死前，就从怀里掏出了一疙瘩东西，雪白雪白的，让人们熬成粥给她喝。可是，还没喝到嘴里，就断气了。人们都说，她一个姑娘家，怎么可能弄到燕窝？溶洞曲折，空气稀薄，那是丢性命的差事，没有勇气和胆识，谁敢去碰那玩意？于是都揣测那燕窝里面，必定有一个男人，而且很可能是位不一般的男人。

那个英雄传奇的男人，他是谁？为什么要送她燕窝？在那个年代，奢侈品毫无市场，解饿才是王道，他为什么要送给她这样的东西？临死了，还要让人给她煮着喝？她爱他吗？他到底是谁？只是当事人已死，谁又能说清？于是关乎女知青的各种谣言，成了村里少女们最痴迷的遐想。

张小倩想，这么贵重的食材，只有去那些五星级酒店求助于那些风花雪月的成功人士了。

张小倩描好眉，画亮眼，漂洗白皮肤，开始行动了。

在喜来登大酒店夜巴黎的酒吧里，张小倩要了一杯红酒，自顾自喝了起来，喝得尽量妩媚，惆怅，心思绵绵。

他来了。风度翩翩，虽有点老，然而优雅大方，举止得体。重要的是他有经验。他坐下来，放下一杯漂亮的鸡尾酒，开始说话，柔声细语地关怀她，怜惜她。

他直言不讳。赞美她，说爱她。连同她的寂寞。张小倩有点感动了。她把纤纤玉手伸过去，放在他的手背上，作出姿态。她说，我饿，我想吃东西。

他握住，拍一拍，开心笑了。他说，心肝，你吃什么我都满足你。

然后，他把她领进了一个包间。他给她要了丰盛的一桌。他看着她

吃。他说他吃腻了。真的是腻了。活着真没意思。他的语气，真诚又随意，让她有些崇拜。

音乐响起，娓娓道来他曲折的人生。她听着，任他把自己搂着，轻轻摩挲。她听着，尽量显得很单纯。她说，我饿，我还要吃东西。

他又点了一桌。他对她的胃口很满意。他喜欢她的直率。似乎她有多饥饿，他就能看清他多富有，而且还慈爱。他喜欢这样的女子，让他禁不住想起自己从前插队时的那段苦日子。他轻轻把她抱住，轻轻抚摸。

她继续说，我饿，我要。

他从她的眼睛了明白了她的贪婪，还有着另一层意思。他欣喜，说好吧，跟我来，我这就给你。他把她带进了另一个房间。

他把她抱在大腿上，身后是无边无际的床。

他开始吻她，弹琴。起初她很享受，渐渐感到的是难受。她咬住他的耳朵，她说，我饿，我要。

他只好卖力起来，像个苦工。为了不使她失望，也不让自己失望。可他愈卖力，愈徒劳。他随手抓起手边的遥控器，摁了一下，一面墙的屏幕上立即跳出了一个男人和一个女人。而且都是健将。他们费尽周折地做爱，举动吓人。张小倩感觉一阵恶心。她质问他，难道，我不够漂亮吗？你什么意思？

他的笑尴尬起来。他羞涩地看看他的身体。他说，他老了，请给他时间。没别的意思，加点作料而已。

后来，他的身体终于鼓胀起来。他扑了上去，一副生龙活虎的架势。张小倩抱住这个老男人，开始大口地喘气，她说，我饿，饿，我要吃燕窝。很坚决的样子。

男人赞美道：姑娘你好可爱！燕窝算什么？好东西多了，你要什么，尽管说，我一定满足你。

张小倩一口咬住男人的脖子。獠牙四射。她说，我饿，我饿呀——吃不到燕窝，我就喝掉你身上所有的血！

你们千万别给我送红包

　　周全是人民医院骨科的一名主治大夫，每年经他操刀解除病痛的患者不计其数，收入自然也就非常可观，抛开工资奖金，单病人一年塞给他的红包，少说也在四位数以上。

　　作为周全来说，有房有车，对红包似乎并不格外贪，但别人要送，他也只好笑纳，毕竟，这会让病人更踏实一些。医疗红包的特点就在于它的目的比较单纯，就是为了能让病人得到更好更周到的救助，不像官场生意场上的红包那样赤裸裸，千丝万缕，又如履薄冰。因此接受红包，似乎不但是一种许诺，还有了某丝人文关怀——潜规则嘛，很难说清楚的。

　　无论怎么说，有红包收总是一种能来。只是——有时也会惹来一些麻烦。

　　就说这天吧，骨科收了一位特殊的病人，叫刘能，六十出头，天刚亮提着鸟笼去遛弯，结果在古汉台的后门处，被一个骑自行车的青年给撞倒了。说是撞，其实是刘能一躲，没站稳，自己跌倒了，刚好撞在路牙的石板上。小伙子叫张明，以为无大碍，上去搀扶刘能，刘能却哎哟哎哟不起来，要张明送他去医院。张明说，你讹人呀！爱起来不起来，推车要走，却被刘能抱住了腿。

　　到了医院，检查发现，刘能身上有几处软组织挫伤，右小腿外侧有轻微骨裂，但未骨折。周全建议先观察治疗几天，之后回家静养就行了。可匆匆赶来的刘能的女儿刘艳艳不愿意，要求张明立即给她父亲办理住院手续。

　　办完手续，张明又去周全的办公室问了一些事宜，看四下无人，迅速把一个六百元的红包塞给了周全。周全象征性地挡了一下，问张明这是何意？张明说："我看那老头没啥大事，他硬要住院，您少给他开点药，住上七八天把他打发走得了。"周全认为可行，答应了下来。

七八天后，刘能已行动自如。周全让护士通知刘能的家属刘艳艳办出院手续。刘艳艳一愣，这医院哪有主动赶病人走的道理？他们这样做，里面必定有鬼。于是她也来到周全的办公室，拐弯抹角地探口风，心里便明白了个七八成，当即立断，从钱包里取出五百元塞给了周全，并且明确表态："张明他要不给个说法，我父亲短期内是不会出院的。才花了几个钱就想打发我们走，没门！"周全看碰上硬茬了，掏出钱要还给刘艳艳。刘艳艳挡了回去："我还希望您多给我爸开点好药呢！"说着又抽出三百元，塞给了周全。

张明接到医院的缴费单一看，傻眼了，怎么搞的？钱没少花怎么反倒上涨了！他马上去找周全。周全解释说："病人家属强烈要求继续治疗，我们只能照办，你还是想想其他办法吧。"张明无语，愤愤而去。

不几日，院长把周全叫去，说那刘能没啥大问题，现在医院床位这么紧张，还是叫他尽早出院吧。周全赶紧去落实，让护士催刘艳艳办出院手续。刘艳艳不干。几天后，周全准备再催，院长却打电话把他叫了过去。

院长说："你知道刘艳艳是何许人吗？"

"何许人？"周全摇头。

院长叹口气说："唉，医院也脱不开官场呀，这刘艳艳是市委秘书的老婆。刚才卫生局局长给我打电话，让我一定要关照好老干部。你说，这事咋办？"

是啊，咋办？周全犯了难。最后两个人一致决定，不好办，就放着不办，让他们自行去解决。

接下来，医院不再催刘能出院，但也不再给刘能用药。刘能白天占着床位，晚上回家睡觉。把小伙子张明气得，打人的心思都有，却拿老人家没半点脾气。

又过了一周，双方经过多次交涉终于达成了协议，张明不仅支付了所有医药费，还另外支付了刘能 2000 元营养费。刘艳艳这才给她老子办了出院手续。

周全长舒一口气，总算是去了一件烦心事。

谁知，第二天张明便找上门来，当着病人的面故意嚷嚷起来："周大夫，你怎么说话不算数，拿了钱不办人事？这一月多来，我里里外外损

失了一万多，我窝火啊！"周全一听，忙把张明拉到一边，掏出六百元钱还给了张明。

张明走后不久，刘艳艳又来了。刘艳艳毫不客气地说："周大夫，你这人办事咋这样？我父亲受了这么大的伤，遭了这么多的罪，你们凭什么后期就不给他用药了？又不是花你家的钱，真是的，我心里窝火啊！"周全一听，忙掏出钱赔不是。刘艳艳接过钱，扬长而去。

周全心里更窝火——这叫什么事呢！收了这么多年红包，从来没碰上这等倒霉事！

周全正生闷气，一个病人闪了进来，也不说话，满脸堆笑地去摸衣兜。周全明白了，顿时不耐烦地发起了脾气："出去出去，你们千万别给我送红包！"

那人退出来，小声对别的病人说："周医生，好人，好人啦！"

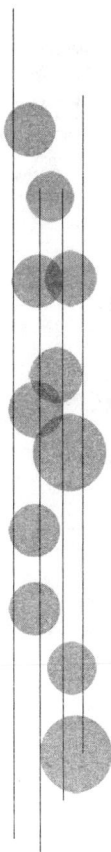

哥不是传说

那年我 12 岁，他 13 岁，被我们的父母硬生生地放置在了同一片屋檐下。我们没有任何血缘关系。我妈是他的后母，他爸是我的继父。我们谁也不理谁，尽量把对方想象成是一截木头。

木头总是挡路的。有时，不得不说时，我会叫他"姜疙瘩"，因为他姓姜，个头还没我高。而他会毫不客气地回敬我"菜包子"，因为我姓蔡。

"姜疙瘩"喜欢踢足球，他的业余时间几乎都在球场上跑。我气不过的是他每次踢完球回到家的那身汗味。尤其是他乱扔臭袜子的毛病，我抗议过多少回了，他依然我行我素。我见一双，就往垃圾袋里扔一双。有一次，他找不到袜子穿了，竟然偷拿了我的一双。我以不吃饭来示威。姜叔叔就按着他的脖子，让他立即脱下来并马上给我洗干净。结果第二天早上，我写好的作业本不见了。我大哭特哭。他美美地吃了他爸两巴掌。

这样的交锋不知发生了多少回。我们都有些情不自禁，想置对方于尴尬的境地。父母也拿我们没办法。因为他们不过是我们彼此的叔叔阿姨，他们所能做到的便是小心翼翼地想尽各种办法来息事宁人，使这个拼凑起来的家庭尽量保持平衡。姜叔叔曾多次和蔼可亲地说："你们现在是兄妹，要好好帮助爱护对方，懂吗？"我们都埋住头，很懂的样子。姜叔叔一走，竟同时笑了，笑得稀里哗啦。兄妹！我们是兄妹吗？不是，我们承受不起。如果非要我承认，那我会毫不犹豫地说：不要相信哥，哥只是个传说。

我们的交战除了对贫乏的爱的渴求外，更多的是对食物、对空间的掠夺。客厅只有一个，厕所只有一个，他霸占了，我就急眼，我抢先一步，他就坐卧不宁，哪里有什么谦让和宽容。有的只是硝烟。

　　为我们之间的战争，他爸和我妈没少伤脑筋。甚至于，后来都不抱怨了，承认这是一个组合家庭必然所面临的矛盾。而矛盾的根源，又直溯原来各自家庭的罪孽，使他们对我们的教训也不能做到理直气壮。更多的是忍气吞声。

　　渐渐地，我们不再当着大人的面发生冲突。我们的叛逆也在成长。我们可以不容忍对方，可总得顾忌一点自己亲爹亲妈的心情呀。看着他们小心翼翼的样子，有时候我坚硬的心也会柔软下来，承认他们确实不过是夹板里的老鼠。

　　我们开始热衷于玩那种桌底下的游戏。一方面可以锻炼智商，一方面好以此来排解随着年龄的增长而越来越浓的孤单。在我13岁生日的那天，"姜疙瘩"主动为我买了一个蛋糕，全家都很高兴。姜叔叔极力夸奖了他。当蛋糕切开，才发现是我最不爱吃的蜜糕馅。"姜疙瘩"还故意肉麻地喊了我一声妹妹，给我盘子里放了大大的一块。我尽量保持微笑，吃光了。他对我的"好"，我自然是要报答的。第二天早上，我主动出去买早餐，在他的豆腐脑里，我埋进了满满一勺芥末。看着他从餐桌上弹起来，翻江倒海地冲向卫生间，我的心里乐出了九十九朵花。我就是要他知道，姑奶奶不是那么好哄的，哥哥也不是那么好当的。结果是，他的喉咙肿了一个月，声音都变了。他对我恨得牙痒痒，我对他的恨不屑一顾。

　　就这样，我们在彼此的折磨里又度过了一年。"姜疙瘩"15岁那年，姜叔叔考虑到他学习不怎么样，把他转到了一所足球很强的初中，准备走体育特长生的道路。新学校在郊区，离家远，须住校，每周末回来一次。"姜疙瘩"一走，屋子变得空荡荡的，我既兴奋又有点失落。没有了对手，单调的生活让人感到疲惫。

　　"姜疙瘩"周末回来，家里都要改善生活。然而，也不过是同桌吃一顿饭，并没有什么必须要说的话。我发现，住校后的"姜疙瘩"没有以前那么爱说爱笑了。他除了吃饭，被迫地回答一些问题，几乎不怎么说起校里的事情。

　　也就是在那段时间里，我和一个男生发生了纠葛。那男孩比我高一级，是"姜疙瘩"原来的同班同学，因为和我家住一个方位，我们天天乘同一路公交车，时间长了，少不了说几句话。在外人看来，却成了不得了的事情。曾经一度闹得沸沸扬扬，让我很是烦恼。

这件事情，我不知道"姜疙瘩"是怎么知道的。一个周末，他在我的一本书里夹了一张卡片。我打开一看，上面写的是：有事告诉哥，哥是你的靠山。

我觉得好笑。我有事没事管他什么？让他来教训我？我当即撕了。又捡起来，把那个多事的"哥"剪下来，从门缝里塞进了他的房间。总之，我不稀罕他假惺惺的关心。我认为"姜疙瘩"是在看我的笑话。从此之后，我对他更是爱理不理。

又一个周末，我知道他要回来，便躲出去闲逛。也不知在大街上游荡了多久。很晚了，我一个人心事重重又很茫然地向家里走去。在走到小区胡同的拐弯处，我正悠闲地晃荡着小包，突然，一个醉醺醺的男人从阴影里窜了出来，向我扑来。我吓得惊慌失措，意识到一股巨大的黑暗正劈头盖脸地向我压来。

突然，抱住我的醉汉发出了一声怪叫，把我松开了。我回头一看，是"姜疙瘩"。他怒目四射的样子像个金刚，冲上去就是一拳，一边打一边恨恨地说："我让你欺负我妹妹，我让你欺负我妹妹。"他们扭打起来。后来，瘦小的"姜疙瘩"被打倒了。那醉汉狞笑着一摇一摆地走了。

看着"姜疙瘩"满脸是血，我手忙脚乱地用袖子去给他擦。我说："哥，你伤着没有？你怎么在这里？""姜疙瘩"说："我一直在这里等你。"

突然，他笑了，指着我的鼻子说："'菜包子'，你刚才喊我哥了！你喊我哥了！"我的泪水夺眶而出，我们搀扶着。我说："哥，咱们回家吧。"

第二天，"姜疙瘩"走的时候，我特意给他买了一双运动球鞋。我给他装进包里，送他去车站。车开动的一刹那，看着他玻璃里的笑脸，我突然有了奔跑的冲动。我一边挥手，一边流泪。我终于感觉到了有一种难舍难分的温暖正在把我湿润。而在此之前，我一直都是个冷酷的人。

后来，我们都顺利考上了大学，虽然天各一方，却一直互通电话，相互鼓励。有时玩笑起来，我总是会有惊无恐地感叹："哥啊！幸亏当年有你。"

岁月就是这样奇怪，出其不意地把两个不相干的人安排到了同一片屋檐下。我原以为，我们之间是不会有手足之情的。然而我错了。在两

根木头的恩恩怨怨打打闹闹里，终究还是生出了牵挂和关爱的绿叶。现在想来，哥又何尝不是上天赐予我的礼物。哥姓姜，我姓蔡。哥不是亲哥，爱却是真爱。

哥，不是传说。

旅途上没有完美的座位

那年我十八岁，没有考上理想的大学，心情烦闷，独自一人去西安旅游。

我是最先上车的，车上的人不算很多，我估计应该能找到干净的座位，最好是靠窗的位置，可以悠然地欣赏秦岭的美景。于是我毅然放弃了身边的几个空位，向前面的车厢走去。我是个追求完美的女孩。相信这会是一次愉快的旅行。

然而一连走过几个车厢，理想的座位却并未出现。并且我发现，人似乎越来越多了。我调转头，向后面的车厢走去。火车正在爬山，越来越摇晃。我打算退而求其次，先找个位子坐下再说。很快，我又回到了我上车时的三号车厢，先前那些被我挑肥拣瘦的空位如今都已有了归宿。我有些失望，确切地说是追悔莫及。

我有印象的后我上车的几个农民，他们舒适地坐着一边嚼着干馍一边说话还不解地看着我，目光里有善意的好奇和同情，对我却是莫大的讽刺。

是啊，我怎么会沦落到如此地步！虽然我也知道，站着也没什么，我又没行李。然而人的心理是很奇妙的，当所有的人都座着，而你站着，并且你其实也完全可以拥有坐着的权利，你感觉到的就不仅仅是多余，而是有一点点说不出的耻辱。

我不想在"认识的人"面前丢人现眼。只好在车厢结合部的过道落脚。不断有卖报卖饭的，上厕所打水的，从我的身边蹭来蹭去，虽然他们都极其礼貌和小心，可我还是觉得自己碍事，有些多余。

忽然，我发现车门处有个家伙去了厕所，便一个箭步跨过去，抢占了那块风水宝地。为此，我有些激动和庆幸。是我，而不是别人，抓住了这稍纵即逝难得的机遇。

　　我的心情开始好点。望着门外，准备享受旅途的快乐。可那些疾驰的景物，让我有些头晕眼花。我只是觉得，旅途很长，得不断变幻姿势，以缓解腰腿的疲劳。

　　其间几次停车，好像是下车的多，上车的少，我不敢肯定。有了上一次的经验，我不敢贸然离开。万一找不到座位，我就会流离失所。而这仅有的地盘，也会被别人迅速占领。

　　我想，就这样将就着吧，反正是无关紧要的旅途，又不是人生。

　　突然，有人在我肩上轻拍了一下。是那几个农民中的一个，他疑惑地看着我，手指指向车厢。我这才发现，周围站着的人，已不知什么时候消失的无影无踪。

　　我充满感激地向这位农民大哥笑笑，奔进了车厢。这一次，我不再挑肥拣瘦，扑通一声就坐在了邂逅的第一个空位上。

　　然而，我刚刚坐稳，还没来得及享受一下拥有座位的舒适和幸福，播音员那甜美的声音便响起了："各位旅客，终点站到了，欢迎乘坐本次列车，再见。"我站起来，无奈地笑了。

　　这件滑稽的经历，使我意识到自己的挑剔是多么不值一提。或许青春就是一辆轰轰烈烈的火车，每个人都渴望拥有一个舒适的座位，以期抵达美好的未来。然而现实如同铁轨，总是被压着前行的。旅途上没有完美的座位，人生没有注定的大学，唯一的真谛在于把握！

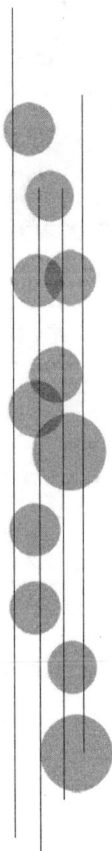

间里多了一个人的呼吸

对于 308 宿舍来说，聂小倩的到来让大家感到意外。因为谁都知道，聂小倩一直在和机电班的帅哥马斌谈恋爱。都笑："问美女有何贵干？是不是有什么体力活？"

聂小倩还没说话，张云水脸先红了，拱手道："兄弟们以后多多包涵。"意思是骄傲而明确的——现在，聂小倩已经归到了他的名下。

聂小倩大方地笑，挨个评论六个猪窝。批评最厉害的当然是张云水。看得出，他们已偷渡了一段时间，现在只不过浮出水面，寻求欢畅而已。

都哄笑，赞美或臭骂张云水。然后纷纷离去。

在大学生校园，谈恋爱是司空见惯的事情，是学习之外最大的副业。谁都理解，并且知趣。即便他们还只是大二的学生。

然而，随着聂小倩到来次数的增多，大家还是感到了不便。

体会最深的，是方志刚。他在张云水的上铺，下面有任何风吹草动，他都无法逃避，忍不住要生出许多暧昧的想象，成半夜地失眠。

张云水当然也理解室友，在床上挂了帘子，俨然一个袖珍闺房，尽量不泄露宅内的春光。

起初，室友们还有点责怪聂小倩的随便，后来醒悟，女生往男生宿舍跑是普遍的规律，与风俗无碍，与制度有关。因为在这所职业学院里，校方把女生宿舍管得像鸟笼，任何的造访都成了黄鼠狼，被严加防范。到头来，叛变从内部发起，以一种逃逸的方式来发起对爱情的宣言。表面和里层都美了男生。

聂小倩的到来，无形中，房间里多了一个人的呼吸。这气息芬芳，甜蜜，又有些葡萄的酸。即便有诸多不便，室友们还是体己地想：迟早，自己也会遇上这样的事情。方便别人，其实就是方便将来的自己。因此尽量给他们空间，尽量适应他们闺房里压抑着的唧唧哦哦。

恋爱中的张云水变得格外机灵，随时掌握着班里各个宿舍的动态，稍有机会，就哥们哥们拱手相求，让他们错错，安插到其他的宿舍，以成就其千载难逢千金难买的闺房约会。

临近寒假的一个周末，张云水听说本班有三个男生要结伴去少林寺玩，心里便有了想法，诡笑着着手给室友们安排窝。室友们起哄，说大冷天的，为了你一个人的温存，让我们集体流浪，不行，必须请客。张云水爽快地答应下来。经过多方打听，费尽周折，在别班又找到了另外两个空位。

张云水给方志刚安排的是406宿舍。这个宿舍是他班的，方志刚只是偶尔光顾过，在里面并没有熟人。因此，在张云水和聂小倩还未回来之前，方志刚一直躺在被窝里看小说。一直到22点多，他们手挽手回来了。方志刚跳下床，知趣地一笑，出了宿舍。

方志刚穿着拖鞋，吧嗒吧嗒上到四楼，找到406，敲门。敲半天，没反应。然而灯亮了。方志刚继续敲。里面问，"找谁？"方志刚说，"308宿舍的，来睡觉。"接下来，宿舍里似乎发生了争吵。方志刚耐心等待，却一直没人开门。

方志刚进退两难。回到308，低声叫张云水。张云水从门缝里探出头，不耐烦地看着方志刚。方志刚满脸委屈，说里面吵起来了，不知为什么，不开门。张云水出来，握住方志刚的手，狠拍自己的脑壳说："哎呀，406是马斌的宿舍。完了。"问方志刚还有没有别的办法？

我能有什么办法？方志刚生气了。

张云水灵机一动，猫一样闪身进去拿出五十块钱，让方志刚去网吧混一晚上。方志刚满脸不高兴。看张云水已把皮鞋殷勤地拿了出来，也只有穿上。

来到校门口，张志刚才发现，大门已经锁了。按学校规定，过了关门时间，出去是要登记的。可方志刚不想登记，因为这样会影响到奖学金。

方志刚又回到306。灯已熄灭。方志刚没有了敲门的勇气。在长长的楼道里走来走去，感觉很窝火。他发现自己突然之间变成了一个无家可归的人。

徘徊了很长时间。方志刚意识到不能在楼道里一直待着呀，必须得想办法出去，网吧有空调，无论怎么说总能凑合一晚上。可，怎么出去呢？

方志刚抖抖索索地沿着学校围墙逡巡，幽暗的夜色里像一个没有目的的贼。后来，他游荡到教学楼的背后，发现紧贴围墙有一棵榆树。方志刚来自农村，爬树不算难。他爬上去，蹲在围墙上，发现围墙外面是一处黑乎乎的工地，摆满了一些乱七八糟的东西。

围墙太高，方志刚想退下来；可想到长夜漫漫，偌大的校园里找不出可以睡觉的地方……正当方志刚在墙头上犹豫着、左右为难，突然黑暗里响起一声厉呵："有贼！"

慌乱中，方志刚竟像一截木头一样栽了下去。

第二天，校外传来消息，说工地上死了一个贼。同学们去看热闹，发现是方志刚，俱惊讶，议论纷纷，不明白他为什么要去偷东西？

警方迅速进入调查。学校也成立了专门的委员会，来安抚死者的家属。可方志刚的母亲不管这些，无论警方给出怎样的说法，学校给出怎样的补偿，她都闹，哭，满地打滚。

披头散发的方志刚的母亲一再吼叫的是："我不要天不要地，我只要我的儿子，我的儿子啊——"看得围观的同学都流出了眼泪。

308宿舍的几位室友，从此开始集体做噩梦。梦里醒来，才真真切切意识到，宿舍里少了两个人的呼吸！

午夜推销

那天，我去市郊一家公司收货款。明明事先电话里说好的，对方经理却死缠烂磨不吐口，逼得我不得不使出杀手锏。呵呵，谁让我是美女呢。我说今天拿不到钱本姑奶奶就不走了。经理色迷迷地笑："不走了才好，我这就给你去开房间。"房间开好，陪他聊了一会，他要上手，我在他的肥脸上一捏："急什么，一晚上的时间还不够你消受，先把你那玩意洗干净了再说。"他屁颠屁颠地进了浴室，我干脆利索地从他的包里找出了六千元现金，顺便给他开出一张收款收据。然后我隔门温柔地对他说："我去给你的小家伙买件衣服。"他美得声音都变了，我大功告成地离开了这个是非之地。

来到公交站台，才发现去市里的末班车已经开走了。我怕光屁股的经理等急了追来和我纠缠，想也没想，随手便招了一辆面包车。

车刚一开，我便后悔了，意识到自己的做法有些欠考虑。其实，男朋友有车的，我完全可以等他来接我。车已经驶出了小镇，在黑黢黢的田野里颠簸。我拿余光看司机，司机三十岁出头，一脸冷峻，脸上好像还有一道暗疤。我更加不安了，毕竟自己包里装着六千元的现金，万一？我开始有些不安。司机对我的异样似乎已有所觉察，继续闷头闷脑地往前开。

突然，车吱嘎一声停住了。我身体一冲，险些叫出来。细看前面有一个招手拦车的女子。我的心里一阵惊喜，感觉是找到了救星。女子上车，说了她要去的地方，在我身边坐了下来。她下车的地方比我还远，这一下我的心里轻松了许多。

可车才开出一会，我又感觉不对劲了。女子的余光一直在看我的包，却又一直不说话。我突然想到女子怎么会在那样一个前不着村后不着店的地方上车呢？况且她上车时也没有讲价呀！莫非，他们是一伙的？我

心头一紧，额头沁出了冷汗。

事情是明摆的，估计他们看中了我包里的钱。我想下车，但不敢提。想打手机，可转念一想，这荒郊野岭，谁能救我？远水也解不了近渴呀！思来想去，我准备短信求救。我刚摸出手机，假装看时间，女子立马搭话了："你这手机款式好新呀，很贵吧？让我看看！"她的敏感和突然间的套近乎，明显反常，我肯定自己已经深处危险了，身体开始有些发抖。我强迫自己冷静下来，和对方周旋。我大方地把手机给女子。趁她把玩的时机，我仔细看窗外，离市区还有一半的行程，我思虑着应该在什么地方以什么的理由下车。要不，就在前面的"大红鹰"加油站吧，就谎称要上厕所。我正忐忑不安地思量，猛然发现司机通过后视镜在看我的包。接着女子轻描淡写地把手机还给我，夸起了我的包，问我是什么牌子的，多少钱？

我正回答着，车嗖地越过了加油站。我不甘心，对女子说："我想上厕所，你上不上，司机同志，要不你给我们停一下？"女子搂住我，"姐呀，一会就到了，忍一忍吧，外面不安全。"我心里一声尖叫，"坏了，对方恐怕就要下手了，我可该怎么办？"

急中生智，我心想："他们盯上了我的包，我何不打开让他们看看呢，反正钱在最里层，他们也不见得立即就能发现。"

我把包从怀里取出来，一边拉拉链一边和女子聊天："美女呀，你皮肤可真好，你用什么的什么护肤品？"女子没好气地说："我饭都快吃不起了，哪里用得起什么高档化妆品？"这时我已经有了主意，我的包里有我们公司代理的最新的几款化妆品，我何不推销给她，装出一个搞传销的样子。我取出几瓶，拉住她的手，滔滔不绝地向她推销起来，煞有介事地告诉她如果买了我的货，还能积分奖励，愈用愈便宜；如果再介绍别人来买，还有不菲的提成。

女子明显有了几分厌恶，坐开些，问："你们搞传销的，究竟能不能赚到钱？"看她接话了，我继续向她演讲搞传销的诸多好处，什么连蒙带骗，什么六亲不认，我正讲得欢，只听司机嘟嘟囔囔骂了句什么，车速明显快了。女子讽刺着说："骗了不少人，该挣了不少钱吧？"

我继续表演。耍赖似地抱住女子："美女你就买一套吧，我按会员价给你，你如果不想用，可以高价卖给别人呀，这个牌子蛮有名头的，中央电视台上有广告的，求求你了，就算帮帮我吧，我积了这么多的货，如果再推销不出去，可就本金全无了……"女子不再理我，拿眼睛去瞟司机。我赶忙俯身从座位上方伸过手，热情地向司机推销起来。我说："大哥，你就给嫂子买一套吧，我半价便宜卖给你怎么样，效果不错的，我一直用的就是这个牌子，不信，你摸我的手，挺光滑的。"女子吃惊地看着我，估计是受不了我的轻浮。我不管，继续去拉司机的胳膊，尽量做出一副风尘女子的架势。我半明半暗地说："大哥，求求你了，你就买我的吧，我可是诚信诚意的……要不，我给你两套，就算我今天大出血，抵你的车费怎么样？我把电话留给你，你拿回去让嫂子用，如果好用，你就给我打电话，我以后一直便宜卖给你，怎么样？"

女子几乎已经是发怒了，叫着嚷着让司机开快一些，并且明显向我投来鄙视的眼神。司机突然不耐烦地回头质问我："喂，你到底有没有钱？"

我继续胡搅蛮缠："没钱怎么了，没钱就不能坐车了？大哥你好好考虑考虑，认为我刚才的建议可行不可行？"

女子发话了，冷冷地砍我一句："你以为你是谁，没钱坐车，门都没有？"

看来，这两个狗男女确实是一伙的。看窗外，离市区还有几里，我怕惹怒了对方，便软下来，"好好好，司机大哥，我怎么会白坐你的车呢，我这就给我相好的打电话，让他送钱过来，可以吧，你就在前面的"正中大厦"给我停车。"说着，我熟练地拨通了男朋友的电话，向他撒了几句娇，让他在预定的地方等我。

司机没说什么，一脸阴沉的样子，脸上明显不高兴。女子索性拿出一支烟，闷抽了起来。

很快，进市区了，灯光多了起来，我的一颗心才彻底落回肚里。

在预定的地方，我下车，男朋友给钱。我在心里暗暗记住了这个车的车牌号。

等车彻底走了，我才大哭着扑进男朋友的怀里，向他哭诉我一路上受到的惊吓……在安慰了我好一阵后，男朋友竟然扑哧一声笑了，向我抱拳拱手："佩服，佩服你的午夜推销！"我倒是想笑，却怎么也笑不出声。

几天后，从本地新闻里获悉，最近在市郊已发生了几起恶性抢劫。据警方称，歹徒已经锁定，是一男一女，车牌号，正好和我记住的那串数字一模一样。

玫瑰花田

　　自上学那阵，王宝刚就喜欢刘秀玲。高中毕业后，两人都没考上大学，便一同到县城打工，王宝刚在工地上当瓦工，刘秀玲在一家超市里当理货员。原本，刘秀玲觉得王宝刚还不错，嘴虽然笨点，但为人实诚，身板也结实，虎头虎脑的，有那么几分帅气。

　　可是到县城一段时间之后，随着眼界的开阔，王宝刚在刘秀玲的眼里就成了断砖头。刘秀玲身材高挑，模样俊俏，追求她的城里小伙子自是不在少数。先是有一个骑着摩托车的小伙子常来买东西，和她搭话。之后又有一个开小车的中年人来找她商议团购事宜，据说还送她了一捧玫瑰。

　　王宝刚听说了刘金铃接受别人玫瑰的事情，气不打一处来，风风火火赶过去，劈头盖脑地质问刘金铃："你为什么要收别人的东西！你穷是吧？"

　　刘金铃被惹恼了，挑衅地笑："是啊，我是穷。我不穷我为什么要出来打工？你富，你富怎么从没见过你送我哪怕一朵玫瑰？"刘金铃实在喜欢玫瑰，从上学那阵就喜欢上了，在书中和电影里无数次地憧憬过。而榆木脑袋的王宝刚除了给她送吃的，恐怕这辈子也不会想到她需要什么。因此这里面其实也有着赌气的成份。

　　王宝刚看刘金铃的眼里突然有了泪水，便软了下来，苦口婆心劝刘金铃悬崖勒马。又讲了些从别人那听来的城里有钱男人们的诸多丑事，又忍不住教训了起来："玫瑰是随便收的吗？这不明摆的陷阱嘛！你还明知故跳？你怎么这么蠢呢！"

　　王宝刚愈教训，刘金铃的气就愈大。后来吵了起来。她想到榆木脑袋的王宝刚不懂她的心思，心凉了半截，也不和王宝刚多说什么。到最后，只用一个词来答复他："我乐意。"

　　那次争吵之后，王宝刚意识到刘金铃是变心了，眼光高了。虽然双方父母都已默认了这门婚事，可人家刘秀玲从来都没给自己许诺过什么。现在什么年代？自由恋爱也是要考验经济基础的。自己要啥没啥，自然是没有竞争优势了。因此只有暗自抱怨自己的无能。

　　之后很长一段时间，王宝刚赌气没再去找刘金铃。工地上的工友们听说了此事，都骂王宝刚是孬种，自少，也该拼一拼吧。就这么举手投降实在是窝囊。许多工友以过来人的口吻给王宝刚上课，出谋划策。说再怎么说，也是前男友吧，名正言顺。起码也得叼住不放，死皮赖脸，看谁能挺过谁？还说爱情这东西，没有什么下贱的说法，要不择手段。甚至有人给王宝刚下毒招，让他一不做二不休，先找机会占了她的身体再说。

　　犹豫再三，王宝刚还是听取了工友们的建议，又开始往刘秀玲的住处跑，给她买些小零食。刘金铃的原则是，他不说话她也就不说话，反正不给他好脸色看。她倒是要治治他的倔脾气。至于是继续和王宝刚处下去呢？还是彻底断了？刘金铃也矛盾。因为一时冲动接受中年男子玫瑰的事，虽然给她惹来了一些麻烦，但凭着她从姐妹们那学来的经验，还是比较好地应付了过去。只是最近，有一位政府部门的青年常来超市找她，刘金铃为此事正左右为难。和这帮衣着光鲜、能说会道的城市追求者相比，王宝刚愈显得木讷而笨拙，比土豆还土豆！死玩意，既然来求和，总该说点好听话吧，可他把零食往桌上一放，就闷声闷气地坐着，一点情调也没有。刘金铃的气不打一处来，把他买的小零食扔了出去，嘲笑着说："王宝刚，你以为我是小白兔，吃几片菜叶就心满意足了？有本事，你送我玫瑰呀，一天一束，你送得起吗？"

　　王宝刚当即羞得无地自容，扭头便走。一气之下，王宝刚辞去了工地上的工作，回村务农。回村里不久，王宝刚就承包了一片荒山坡，甩开膀子，建起了果园。这期间，刘金铃又被好几个城里小伙子追求过，然而因为种种原因，最终都是有始无终，没有达到刘金铃想要的那种结果。这让刘金铃的父母甚是着急，大骂城里人都是灰太狼，面子光亮嘴巴甜蜜其实心里很狡猾。这一切，王宝刚也只是从侧面默默关注着。

　　有一次，刘金铃有事回村，恰好经过王宝刚的果园。王宝刚突然从树丛里闪出来，手捧一束玫瑰，要送给刘金铃。这突兀浪漫的举动，当即把刘金铃给逗笑了。她接过闻了闻，故意说："该不是假花吧？"

王宝刚说："你小瞧人，你不是喜欢玫瑰吗，以后我天天送你一束，怎么样？"

刘金铃继续开玩笑说："这鲜玫瑰可很贵的，你发财了！"

王宝刚严肃地说："发财倒没有。但我保证以后天天送你一束玫瑰，你就等着瞧吧。"

刘金铃不相信，她倒要看看他王宝刚怎么个吹牛法。一连几天，王宝刚都手捧一束玫瑰花上她家去给她请安。刘金铃的父母原本就喜欢王宝刚，这下更高兴了，在女儿的面前不断说着王宝刚的好话，说他这几年多么多么不容易，把一面荒山坡变成了金果园。刘金铃能感受到王宝刚对自己依然一往情深，再看看他质朴憨厚虎头虎脑的样子，心里一阵温暖踏实，最后决定不再出去漂泊了。两家人皆大欢喜，都商量着赶快把婚事办了，免得再出差错。

谁料到，结婚那天，王宝刚不知从哪里弄来了一卡车鲜玫瑰花，把个新房装饰得就像是一个香艳的花窟，而刘金铃，则成为了那花窟里最美的新娘。村里人从来没见过这架势，自是一番热议："看不出王宝刚还是情种一个，搞得如此浪漫排场。""这么多的鲜花，不知要浪费多少钱哟！""看来，这王宝刚种果园是真发了，要不，他从哪里来得这么多钱？"

村里人的疑问，其实也是刘金铃的疑问。新婚之夜，两人一番缠绵之后，刘金铃忍不住了，问王宝刚这几年挣了多少钱？这么牛气？

王宝刚只是憨笑，说没有挣多少钱。但让她放心好了，即便是没有钱，也不影响他送她玫瑰，因为他要她成为最幸福的新娘。刘金铃更是听不懂了，芳心乱颤，认为他是在说情话。

第二天一大早，拜过父母，吃过早饭，王宝刚带着刘金铃上果园。是五月，杏儿桃儿挂满枝头，正是即将收获的季节。王宝刚领着刘金铃一直往果园深处走。最后，王宝刚用一条手绢蒙住刘金铃的眼睛，要给她一个惊喜。刘金铃乖乖地让王宝刚牵着她的手，在芳香甜蜜的果园里幸福穿行。

一、二、三，王宝刚松掉手绢，刘金铃睁开眼，惊呆了：嗬！眼前一片火红的玫瑰花田，夺人心魄。刘金铃当即眼泪哗啦地扑入王宝刚的怀抱，她终于明白了：他送她的所有的玫瑰都不是用金钱买来的，而是种出来的，在玫瑰花田。

吉祥如意

　　巧玲在深圳的一家服装厂上班。这天，她接到老家电话，母亲出了车祸，急需一万多元的住院费。巧玲工资卡上只有三千多元，她问几个要好的同事借，可大家都是打工妹，人员变动频繁，谁也不知巧玲这一回去还来不来？因此借来借去，也才凑了不足五千元。

　　无奈之下，巧玲想到了她身上唯一值钱的东西——玉如意。这块如意是外婆临死时送给巧玲的，是传家宝，据说可以保平安吉祥，算是护身符，也算是外婆给巧玲未来的嫁妆。如今母亲住院，情况紧急，巧玲也就顾不上什么了，她想卖掉，却对古玩一窍不通，一时也找不到门道。

　　正在巧玲焦心无助之时，服装厂的保安王明从巧玲的好朋友王芳那里知道了她的状况。王明是王芳的堂哥，他找到巧玲，说他以前在一家文物单位干过一段时间，认识几个文物专家，如果巧玲信得过他的话，他可以帮小玲把玉如意拿去让他们瞧瞧，看能不能卖个好价钱，以解巧玲的燃眉之急。

　　巧玲和王明不熟，可事到如今，她也没有更好的办法，只好把玉如意交给王明，拜托他全权代理，只要价值五千元以上，就尽快出手。因为老家来电话了，医院要求最迟后天把住院费补齐，否则就停止治疗。王明宽慰巧玲说，这块玉如意既然是家传的，就一定是宝贝，一定能卖个好价钱，他让巧玲不要着急，他这就去办，等他的好消息。

　　第二天一早，王明高兴地来了，他告诉巧玲，这块玉如意确实是宝贝，市场价值八千多元，因急于脱手，他只好以六千元的价格帮巧玲卖了，说着从怀里掏出包好的钱，让巧玲数数，赶快给家里汇过去。

　　把钱汇走后，巧玲也急匆匆地坐上了回老家的火车。

　　一个月之后，巧玲回来了。她拎着老家的特产去感谢王明。无意间，巧玲发现王明的脖子上挂着一块如意，仔细一看，正是自己的那一块。

巧玲顿时明白了，原来王明是在拿自己的钱暗暗地帮她，由此看来，那块玉如意并不值钱，她从心底里感激王明。只是这对王明不公平。

巧玲地对王明说："你真是个好人，玉如意你就先帮我保管着吧，等我有钱了一定还你。"王明笑着说："他们都说你不回来了，我不信，看嘛，你这不就回来了。至于这如意嘛，我要帮你保管一辈子，我相信它会为你带来吉祥的，也为我。"

巧玲的脸羞涩地红了，她轻轻地抚摸着王明脖子上的如意，心里开始相信外婆的话了，是呀，这一块吉祥的如意！

心腹心患

　　汉强在一家大型超市的采购部门工作，部门王经理很赏识他，处处关照他，经常带着他去参加一些重要的商业谈判。对此他暗自庆幸，以为是遇到了贵人，打心眼里对王经理充满了感激之情。有一次王经理带他出差，是为超市采购一批茶叶。与茶老板谈判时，王经理游刃有余，不时和其他同类的茶叶做一比较，委婉地让茶老板作出让步。而汉强更想趁机努力表现一番，找出各种理由，拼命压价，锱铢必较。茶老板被他说的面红耳赤，有些招架不住。正当他得意之时，突然发现王经理的脸色沉了下来。谈判不欢而散。他有些无辜地自问：为公司争取利益，难道有什么不妥吗？晚上，王经理单独找到他，递给他一个红包，平静地说："茶老板给的。"他恍然大悟，这不明摆着吃回扣吗？此种损公肥私的行为，公司是严厉禁止的。汉强有些犹豫。王经理似乎看穿了他的心思，在他的肩膀上亲昵地拍拍，说："不用担心，咱兄弟谁跟谁？你不说我不说，阎王神仙也甭想知道。再说了，不拿白不拿，这是潜规则，你慢慢就明白了。"事情既然已经摊开了，汉强如果不拿，等于与王经理为敌，何况经理一直把他当兄弟照顾。除了收下红包，他似乎没有别的选择。此后，每次同王经理出去采购，彼此都心照不宣，共同的秘密，把他们的关系拉得更近了。只是，汉强隐隐有些担心，害怕有朝一日东窗事发。一年多过去了，汉强最担心的事情一直没有发生，却发生了另一件事，部门王经理高升了，调到了高层。得知这一消息，汉强兴奋得一夜没睡。他和王经理是铁哥们，王经理高升了，他还能原地踏步？汉强感觉到，他的春天即将来临。不出所料，王经理上任当天，就把他手上的部分业务移交给了汉强，并拍着汉强的肩膀说："你办事，我放心。"汉强激动得险些都哭了。他不过是个才来两年多的新人，能得到如此器重，完全承蒙王经理的照顾。俗话说，士为知己者死，汉强暗下决心，以后

一定要效忠王经理，大展宏图，也好去实现自己的人生价值。当然，同事里少不了有人嫉妒，说些风言风语的话，但又能怎样。谁都看得出，汉强是王经理身边的人。没多久，传言公司人员要进行一次大换血，尤其是采购部门，问题最多，可能要砍掉一半。汉强特意跑去问王经理，传言得到证实。王经理意味深长地说："咱俩谁跟谁？你只管安心工作，其余的事不必多想。"

超市有好几百名员工，老总不可能对每个人都了如指掌，谁去谁留，还不是王经理说了算。同事们都人心惶惶，唯独汉强镇定自若。谁叫他是王经理的心腹之人呢。一个星期一的早上，汉强刚到公司，就被通知去了老总的办公室。汉强满脸红光，以为自己就要升职了。老总又是握手又是亲自倒茶，异乎寻常的热情，更坚定了他的揣测。哪成想，老总在对他一番肯定和表扬之后，最后一句话却是："对不起，你被辞掉了。"汉强懵了，感觉就是个晴天霹雳。他马上去找王经理，想问个究竟。但听说出差了。他打他的手机，关机。毫无疑问，王经理早有预谋。气愤之下，汉强也想过去找老总，揭穿王经理的老底，可一想，毕竟自己也参与了那些不光彩的事，抖出来，岂不是自取其辱？汉强的一段看似前途无量的职场生涯就这样莫名其妙地画上了句号。他垂头丧气地找到我，要和我喝酒，一脸痛苦的表情。他不断地和我干杯，一遍遍问自己："王经理为什么非要踢我出局？为什么？"

我对官场和生意场上的事知之不多，但我知道中国有句古话：伴君如伴虎。常在河边走，要想不湿鞋，就得禁得住诱惑，坚持一些基本的原则。否则，你参与了别人的阴谋，干了见不得人的事，乐观地说，你是人家的心腹之人；但悲观地说，你又何尝不是人家的心头之患？人家最终能容得了你？

端了你的饭碗

儿子不好好吃饭一直是我们家头疼的一个问题。

眼看，幼儿园就要开学了，儿子依然没有养成吃饭的习惯。在家都吃不好，到了幼儿园可怎么办？那么多的娃娃，阿姨哪有那么多的功夫来喂他们。

爱人埋怨我，说都是我惯得。我不服，我说你有能耐你来呀，说得轻松，你来试试？

爱人是单位的销售经理，三天两头出差，儿子的吃喝拉撒一直都是我在照管。爱人看我将上了他的军，思考了一晚上。第二天，他竟然编了个谎向公司请了一周的假，说要好好来治一下儿子的毛病。爱人说，这世道真是变了，我们小时候，父母常为没什么东西给我们吃而犯愁；现在呢，我们做了父母，却为有太多好吃的东西孩子们不吃而犯愁。他一再告诫我，一定要严，行动一致。一个小孩，连饭都吃不好，他长大了还能干什么？

我认为他有些小题大做。现在的孩子不都这样么？凭什么他就断定儿子长大后干不了大事业？忽一想，自己有点小家子气了，这不齐心协力共商对策吗，自己却先松了劲。爱人挖苦我说：我就知道你狠不下心，不狠心能办成事吗？爱人一副领导的派头，愈说愈来劲：我在单位能管好员工，在家里难道就管不好儿子？

我冷笑。一方面我相信爱人的决心，同时又认为他在吹牛。为了儿子能好好吃饭，软硬兼施哪种办法我没试过？这下爱人欣然领命，我倒要看看他有何本事。

一早起来，我准备了丰盛的早餐，然后千呼万唤叫醒了儿子，再一番苦口婆心，给儿子穿好衣服洗完脸，诱惑儿子，赶快吃饭，今天是星

期六，吃完饭咱们一家三口上褒河栈道去玩。儿子高兴地开始尖叫，坐下来和我们吃饭。吃了几口，开始打横，只见他捣勺却不见往嘴里喂。爱人用筷子敲着儿子的小碗，警告说：快吃，车是有时间的。

儿子装作没听见，只顾捣勺子玩。爱人金刚怒目地站起来，大喝：你到底吃不吃？不吃我端了你的饭碗。儿子我行我素，一副满不在乎的样子。爱人也不说话，端起儿子的饭碗就进了厨房。

儿子欣然和我们去爬山。一会肚子就饿了，要吃东西。爱人说：没有，饿了回家吃。儿子不愿意，闹着要给他买零食。爱人说，不行。儿子还是喊饿，喊的我心慌。我才准备给儿子开后门，爱人一把夺走了我的钱包，让我不要插手。儿子继续闹，说他饿，饿，好像我俩是后爸后妈似的，引来游客们奇怪的目光。爱人看儿子闹得差不多了，说：你不是饿了吗？走，回家吃饭。

回到家，爱人把早上的饭热了一下，往桌上一放，也不说话。儿子扑上去，大口大口地吃了起来。爱人笑着在我的耳边悄悄说：欠饿！

第二天，才吃了几口，儿子又开始要赖。爱人又重复他昨天的那句话：你到底吃不吃？不吃我端了你的饭碗。儿子还在犹豫，爱人果断地把他的小碗端走了。

儿子一看自己饭碗被端走了，又哭又闹，甚至躺在地上撒起泼来。我觉得爱人的做法有些过分，刚要制止，却被爱人推进了卧室。我小声责怪爱人对待孩子是不是太严厉了。爱人不以为然，说既然由他负责儿子的吃饭问题，就得听他的。并扬言他有信心纠正儿子这一顽症。

无人理睬的儿子终于忍受不了被人冷落和怠慢的滋味，先是一阵忽高忽低的哭闹，后来转为可怜兮兮的哀求：妈妈，我肚子饿了，我要吃饭……

早已按捺不住的我正欲出去，却被爱人一把按住了。他隔着房门冲着儿子厉声道：饭在厨房里，想吃自己端，要是再不好好吃饭，爸爸就砸了你的饭碗！

隔着门缝，我看到儿子一把鼻涕一把泪地向厨房走去。

爱人有些得意：怎么样？纠正儿子的坏习惯就要像对待不认真工作的员工一样，你端了他的饭碗，看他还敢捣蛋？这叫什么？——欠揍！

此后的几天，儿子吃饭时再也不敢胡搅蛮缠了。爱人的态度很坚决：吃饭是你自己的事情，不吃就端走，饿了你也别叫唤，下顿才有。几次较劲下来，儿子看没人给他帮忙，显然是在自食其果。再后来，每次不想吃了要耍赖时，爱人只要一瞪他，他就会求饶地说：爸爸，别端了我的饭碗，我好好吃还不行吗？

看到儿子可怜兮兮的样子，我背后地里揶揄爱人：你呀，真是心狠手辣！对一个四岁的小朋友实施这么残忍的手段，恐怕也只有你们当领导的才做得出。

爱人乐呵呵地说：是是是，我是后爸，你是亲妈。鲁迅不说过吗？矫枉必须过正，对于顽疾，必须得下猛药。你以为我忍心？我不这样，能行吗？

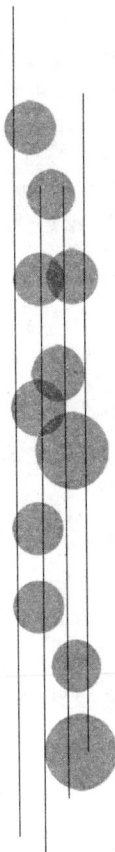

办公桌上多了一只鸡

　　早上一到办公室，发现办公桌上放着一只鸡，用透明的白塑料袋包着。我闻了闻，挺香的，以为是哪个同事临时放的，也没在意，拎着暖水瓶去锅炉房打开水。等我回来，那只鸡已经四分五裂了。同事们都围在我桌边，精致有味地啃着，夸我生活好，早餐改烧鸡了。真香啊！

　　我说，这不是我的鸡。他们笑，说我小气鬼，是不是嫌他们偷吃了。我说，真不是我的。大家你看我我看你，都说自己不是活雷锋。奇怪了，那会是谁的呢？

　　办公室一下热闹了。许巍说，会不会是领导奖励我们的吧？

　　张平说，不可能，领导没这么仁慈，再说了他也不懂幽默呀。正说着，领导进来了，把我们狠批了一顿。问：谁的烧鸡？我们摇头。领导说：抵赖是吧，那好，在谁的办公桌上就是谁的，到我办公室里去。

　　无论我怎么辩解，领导都不相信。反问我天上有掉烧鸡的事吗？我只有自认倒霉，在一张50元的罚款单上签了字。

　　这件事一度成为我们办公室的奇事。都猜不出这只烧鸡背后到底是阴谋还是阳谋。不过得承认，那只鸡的味道真是独特，鲜香爽口，不像超市卖的，超市里的烧鸡没有仔鸡。那么，这尤物，会是从哪里飞来的呢？

　　大概一周过后，一天早上，我去洗手间，碰见了正在拖楼道的保洁员何阿姨。我正准备绕过她，她却突然停住，郑重地对我说了一句：对不起。我莫名其妙，是我挡了她的道而不是她挡了我的道，值得这样客气吗？我正准备走，何阿姨又说了一句：对不起。我脑子灵光一闪，突然有点明白了：那只鸡，难道？

　　何阿姨笑着埋住头：真是对不起，好心好意的，却让你损失了50元钱。何阿姨说，她也是刚才清理洗手间时才听说的，她待会就去给领导

解释。

50元钱是小事。我想知道的是，何阿姨为什么要送我烧鸡？

不等我问，何阿姨问我，那鸡好吃吗？我说，好吃，同事们都回味无穷呢。何阿姨眼睛一眨：有你文章里写的那么香吗？

什么文章？我不知道何阿姨在说什么。

就是，你丢在废纸篓里的那篇文章。你忘了？

我一拍脑壳，想起来了。我是写过一篇回忆儿童时代的文章。那段时间母亲住院，心里特难受。干完手头的工作，便趴在桌上瞎想起一些童年的事情。我记得在我七八岁时，有一段时间，家里的鸡老是死，几乎是一天一只，都是半大的新鸡。母亲舍不得扔，便给我烧上。在那个贫穷的年代，天天吃上鸡是多么幸福的一件事情！那些死鸡，从此成为我记忆里最幽深的美味，时常让我想起，有些后怕有几分心酸的甜蜜。

只是，这篇文章我没能写完。因为接下来，在我啃着鸡腿满院子跑的时候，天上掉下了一个晴天霹雳：我的父亲，在山上扛木头不小心从悬崖上摔了下来，当场毙命。同村人哗啦啦一下就把父亲抬了进来，而我的嘴里，正含着鸡腿。

我写不下去了。猛地意识到父亲的死和那些死去的鸡有着某种神秘的联系。

正当我烦躁不安的时候，领导进来了。于是就随手把那几页纸扔进了废纸篓。

我说，何阿姨，你为什么要送我烧鸡？

何阿姨说，那天下班后她清理卫生，发现那几页纸挺新的，准备拿回家把背面给女儿当草稿纸。后来女儿读了，让她看，她看着看着就流泪了。她说，想不到出入高档写字楼的我也曾经是个苦命的孩子。紧接着女儿病了，想吃鸡，她杀鸡时，突然想起了我文章里的故事，便顺手又从鸡笼里抓了一只仔鸡。就这么简单。

我还是不明白。我和何阿姨非亲非故，平时连话都没说过，基本上就等同于陌生人，凭什么，她要送我一只鸡呢？

我能感觉到何阿姨是个善良的人，可是，别人记忆里的烧鸡，又有什么好感动的呢？家在农村的她，条件本就不好，辛辛苦苦出来打工挣钱，容易吗？有一只美味的鸡，她干嘛不放进自家的嘴里，而要去顾忌一个不相干的人呢？

　　何阿姨说，她不为别的，只是想安慰一下我童年的味觉。谁让她读到了呢？没想到，却给我惹来了麻烦。

　　何阿姨歉意的样子，反倒让我很是不安。我说，那不过是一篇文章，不能当真的，你怎么当真了呢。还付诸了行动，悄悄送我这么美味的一只鸡。我激动得无一言表，紧紧握住何阿姨的拖把，泪水在眼里打转。

　　不就是一只鸡吗，何阿姨拍拍我的手，突然间也眼泪汪汪的样子。

　　何阿姨说：她小时候也享受过那样美味的病鸡，她一辈子都不会忘记。这人呐，总有一些是幸运的，也总有一些是不幸的。她最小的弟弟，如果不是因为太贪吃、还活着的话，现在也该有我这样大了！

温柔风

　　我搬到牛家桥是在八月。八月的西安如同一个蒸笼。而我就是一个包子，从一个狭小的笼屉进入另一个狭小的笼屉，只是为了谋到一份工作。因为老板一再强调，每天早6点，必须赶到上班的餐馆。我别无选择，只好就近寻找栖身的蜗居。

　　笼屉里只有一张床，一张桌子，除此之外是一地的垃圾。显然旧租户刚搬走，房东还没来得及打扫。房东是个胖胖的大叔，他眨巴着眼睛告诉我，这一带的居民杂，社会治安一直不好，常发生一些乱七八糟的事情。他的语气和眼神极其夸张，似乎是为了表示对我的关心，又似乎是想在我面前竖立一种威望。我一个姑娘家，人生地不熟，只好相信他说的一切都是事实。

　　屋子里实在太闷，稍微一动就是一身汗。我敞开门，插上带来的小台扇，然后开始清理房间。在床底的一个纸箱里，我发现了几本旧书和一个苹果绿的小吊扇。这种小吊扇我上职校时曾在宿舍里用过，风儿温柔，挂在床头上很是好玩。我试了试，并没有坏。看来旧租户也是个年轻人吧，可真是个马大哈，让我捡了个便宜！

　　第二天下班回来，已近天黑，我刚坐下来享受两把风扇的清凉，一个男孩敲门，说他是旧租户，忘了几本书，过来拿一下。男孩衣装平平，头发却很时髦。我的心里立即生出几分警惕。毕竟房东告诫过我的，这一带租户杂，社会治安不好。因此，我没让他进门。男孩解释说，他在一家发廊上班，这家发廊刚开了一家分店，把他派了过去，所以才搬走的。我进屋把几本旧书收拾好，把小吊扇拔下来，正准备找一个手提袋给他装起来。他在门外却突兀地问我：屋里热不？

　　他的这句多余的关怀，让我的警惕心忽又窜了上来。我下意识地把住门。他嘎然而笑，用豪放的关中腔说：看把你吓的，我像坏人吗？这间屋没窗，又夕照，我就是问你热不热？如果热，就得用电扇喽！

我思量，他是不是提醒我别忘了他的小吊扇？他也太小瞧本姑娘了。我开了门，一股脑把所有的东西塞给他。正要关门，他却一只脚抵着，把手提袋里的小吊扇拎了出来。他说，这玩艺他不能带走。他不要了，因为他现在的租房里有空调。

我估计他是在吹牛，更怀疑他是不是对我有什么预谋。他的风扇，我不稀罕。为了证明我不需要施舍，我把门开大，让他看清，本姑娘有的是风扇。他顺势走进来，夸赞我手艺不错，同样一间屋，经我这么一收拾，竟然别有洞天！

我心想，那当然了，女孩子家岂能像你们男孩那样邋遢。然后我把小吊扇给他，意思他可以走了。他却拍拍我小猫造型的台扇，饶有兴趣地说，这风扇好看！有风扇就好！这鬼屋，太闷了……不过晚上睡觉，开台扇可不行，小吊扇正好，风柔，不会吹感冒……

他拉拉杂杂说了一大堆，看得出是个心直口快的人。可我不想和一个陌生人有什么瓜葛。我告诉他，我没有睡觉开风扇的习惯，这个小吊扇，我用不上，你还是拿走吧。

他这才明白我的意思。不好意思地笑笑，说他真没什么别的意思，这风扇，他不要了。说完拎着书就走了。

我追出门。我说，你不要，我就扔地下了。

他回过头来，用很小的声音生气地说：你，你怎么这么犟呢？不就是一把小风扇吗？至于吗？扔了多可惜！

我不甘示弱，赌气道，你拿走不就不可惜了吗？

他哭笑不得，两手握住，向我做求饶状，意思不必再纠缠，他该走了。

我突然发现这个家伙比我还犟。看来他是真不想要了。对我似乎也没什么企图。可考虑再三，我还是追上去，硬要把小吊扇塞给他。

这一次，他没有拒绝，而是把小吊扇拎起来，在橙黄的路灯下晃晃，然后玩耍般用食指把叶片拨旋转起来。然后，眼睛里有了泪水。

我吃惊地看着他，不明白发生了什么？难道，这小吊扇里有什么让他伤心难过的事情？比如……

我顿时手足无措，想安慰他，却不知说什么好。只是一个劲地傻问：你没事吧？你没事吧？

　　我紧张的神情反把他逗笑了。他揉揉眼，晃晃脖，梦醒般地对我说：你知道吗，这小吊扇陪伴了我六年，六年呀！那时候我还没有一技之长，就像是一只小蚂蚁，在这个城市的缝隙里钻来钻去……幸亏有这把温柔的小吊扇，陪我渡过了一个个难熬的夜晚！

　　我说，那你更应该带走呀！它不是你成长的见证吗？他点头，承认他确实喜欢这个小吊扇。可他接着告诉我，这风扇压根就不是他的，从他住进来时，它就在，因此他不可能拿走。

　　我明白了，这是一把遗漏的风扇。它如此美妙地传到了我的手里，我一定要好好珍惜，并且让它继续美妙地传递下去。传递它的温柔风。

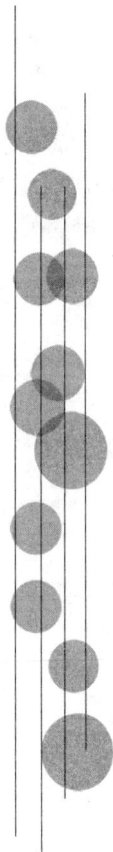

饥饿的对峙

那是三年自然灾害的最后一年。临年底了，天气一天天变冷，连树皮野菜都没得吃了，整个村庄笼罩在一种灰黑色的愁苦和叹息之中。

那一年的腊月里，大哥陈天华从楼顶上翻出我家祖传的一把猎枪，带着我，秘密向秦岭深山进发，去摩天岭抓岩羊。还没到摩天岭，我先病倒了，刚开始是腹泻呕吐，后来发高烧，迷迷糊糊的，像天上的云彩。

没办法，大哥把我背到一个山洞里，临时住下来。三天过后，唯一的一点野红苕也吃光了。大哥丢下我，去周边的山上碰运气，结果连一只野兔也没抓着，山上的野果更是早被鸟们掏空了。只是在树叶里找到了几节蚯蚓一样曲里拐弯的拐枣。大哥一边走一边想，再打不到东西，估计他的弟弟就要死了。因为我已极度虚弱，急需营养。现在大雪封山，他又该到哪里去找那些机灵的野物？

马上就到洞口了，大哥晃着拐枣，刚准备喊我，看见洞边的树丛里有一只熊仔。看样子也饿得走不动了，不断地添掌。大哥一阵惊喜，架好枪，食指愉快地晃动着。正要尘埃落定，突然感觉树上的雪簌簌往下掉，一只黑色的大狗熊，从洞口闪出来，发出低沉的吼叫。我当时昏昏沉沉的，并不知道狗熊的到来对我意味着什么。大哥不知道狗熊伤到我没有？他放下枪，举起双手，意思要和狗熊讲和，如果它不伤害他的弟弟，他也就不伤害它的儿子。狗熊摇晃着，似乎明白了他的意思，从洞口退出来，低吼了几声，带着熊仔艰难地走了。

大哥进到洞里，我还在昏迷状态。他把拐枣放进我的嘴里，让我嚼。过了一会，我醒了。我认真地对他说：哥，我饿，饿……饿得连说饿的力气都没有了。大哥抱着我，眼泪瞬时涌了出来。他想，再不想办法，估计我真的就要死了。

大哥提起枪，追出洞去。却被吓了一大跳。原来刚走的母熊，又回

来了。母熊摇晃着，也吃了一惊。小眼睛一直看着枪，迷茫而崇拜。嘴里冒着白汽，白汽里缭绕着低沉的喘息。

大哥缓缓举起枪，心想熊必是饿极了，要回来吃我们。

母熊不再前进，看着大哥。

大哥也不敢动。只有不到三米的距离，他不敢贸然开枪。万一一枪打不中要害，熊扑过来，只需一掌就会结果他的性命。

就这样对峙着，谁也不敢贸然出击。

山野静寂，簌簌的雪花下着的全是心跳。大哥目不转睛地看着熊的眼睛，感觉有些天旋地转。熊在无限变大，魔鬼一样恐吓着他。那恐吓里只有一句话：我饿，我要吃掉你。

这句话也正是大哥要说的。

大哥的食指移动着，却迟迟不敢扣动扳机。他知道他和我的性命都维系在这一枪上。对熊，对饥肠辘辘的我们，都将是致命的，没有丝毫妥协的余地。

大哥感觉自己的手臂都麻了。再拖延下去，只会对他越来越不利。他狠狠地眨一下眼睛，提醒自己，决斗吧，必须速战速决。

就在此千钧一发之际，灌木里传来了小熊激昂的嗥叫。大哥一阵惊喜，意识到，是熊仔踩上了他预设的夹子。母熊掉转身，摇摆着向熊仔跑去。

大哥就是在这时开枪的。

这一枪并没有打中要害，熊跑出十几步，便跌倒了。回头嗷嗷朝着大哥叫。大哥一屁股坐下来，在心里嘲笑：看来，我们都是纸老虎，被饥饿掏空了力气！

幸运的是，我在喝了熊血后，竟奇迹般获救了。

出于感激，大哥放走了熊仔，和我打道回府，放弃了去摩天岭抓岩羊的计划。

回到家，母亲偷偷地用小锅炖了一点点熊肉，还在锅里撒了葱花。我的几个哥哥弟弟哗啦啦围着锅灶兴高采烈地转，都不说话，一番狼吞虎咽。我的不到二十岁的二哥陈天明从地里干活回来，饿极了，看母亲已盛好了熊肉汤，奔过去，端起碗就喝。结果吸进去的熊油烫得他把碗都摔掉了，还是没吐出来。后来，咽喉开始发炎，肿胀疼痛。看郎中，说估计是熊油汤里的葱叶呛在了气管里，灼伤感染了，建议去很远的县

府看。

父亲死得早，家里没人做得了主，再者，家里哪有钱啊！大哥让我们挖点草药让二哥将息。愈喝愈严重，一年之后，我二哥就去世了。

后来，我们家里一直都保存着那个白森森的熊头骨架。大哥不止一次地说：这也许是报应吧，是那头母熊在向他讨债哩，它放过了他的三弟，却夺走了他的二弟，一命抵一命呀！大哥还说：在饥饿的对峙里，从来都没有真正的赢家。因此他发誓要把自己变成一头牛，要带领着我们老陈家富裕起来。

结果是，大哥在二十八岁那年就把自己累死了。在他临死前，还在喊着我们几个兄弟的名字。

现在，我已成为一个老人，衣食无忧。我常常会拿出那个熊头骨架，端详着，想起我苦命的大哥，二哥，那些饥饿寒冷的岁月……这白森森的头骨上的两只黑洞洞的眼睛，盯着我，对峙着，让我时常感受到一股幽深的力量。

父亲的表演

父亲好京剧，年轻时曾扮演过杨子荣。当然，这是业余性质的，与专业的表演差距尚大。如今，父亲已经快七十了，身板依然硬朗，精神矍铄，还时不时往"夕阳红"剧团跑。因为嗓子大不如从前了，便跑几个须生或丑角的龙套。年底，竟拿回了剧团颁发的"最佳表演奖"。

我觉得奇怪，多方打听，方从大爷大妈嘴里得知，父亲的"最佳表演奖"不单指舞台上的，更是舞台下的表演。

原来，一天晚上，演出快结束时，来了一伙地痞流氓，说剧团的演出吵了他们的睡眠，拉桌子扯凳子的，存心找茬闹事。其实是看中了票务员抽屉里的钱，想趁火打劫。因为剧团是自娱性质的，并无明确的编制，团长也是个老头，并且是个文弱的老头，大家一时慌了神，不知如何应付。其实，票务员抽屉里的钱，也就一百多块，一张票才五毛钱，一晚上也就二百来个观众。

团长犹豫着说，要不拨打110？有人反对，说等110来了，流氓早抢钱跑了。况且这帮流氓咱也得罪不起，否则，以后咋演？

关键时刻，父亲挺身而出，让大伙都别慌，该干啥干啥，台上的戏也不要停。那天晚上，演的是现代戏，父亲要跑的龙套也就一个老干部，为了方便期间，他穿了自己的一套干部服，还戴了眼镜，修了指甲。父亲抽出一颗烟点上，大步来到门口，拨开众人，指着流氓中比较嚣张的一位厉声说："你想干什么，闹事吗？我告诉你们，今天的事我管定了，要什么你们尽管冲我来。"说着从兜里掏出手机，噔噔噔按了一串号码，扬声说："吴秘书，你开车过来接我，戏马上就结束了，别忘了把小张也叫上，我这里出了点问题。"随即挂了电话，让票务员把抽屉里的钱都倒在桌面上，蓬蓬松松一大堆，全是五角一块的毛票。

父亲指着说："所有的钱都在这里，你们都看见了，充其量也就百十

，要拿你们尽管拿，去拿呀！"高声之后的父亲突然转入低沉，语重心长地说："你们都看见了，在这里演出和观看的都是些老头老太太，完全是自娱自乐，象征性的收这么一点门票，也就紧巴巴能维持剧团的正常演出，这样的钱你们也忍心拿？你们这么年轻，身强力壮的，为什么不去自食其力？现在的政策这么好……"

看父亲在宣讲政策，认识不认识的，都拥过来，叽叽喳喳地议论着，围着父亲问三问四，俨然一个受人拥戴的老领导。

几个流氓被臭骂了一通，看阵势不对，灰溜溜地顺墙逃走了。

父亲依然高耸着，抽完烟，这才忍不住笑了。团长紧握着父亲的手连说谢谢，说老杨你可为剧团立下了奇功，你就是杨六郎呀！

这时，一位父亲多年的老朋友冲出来，大声说："不是杨六郎，是杨子荣。你们知道吗，老杨年轻时还演过杨子荣呢，我们让老杨唱一段，好不好？"父亲一个劲摆手："老了，老了，不行了。"

"怎不行了，我看是老当益壮，你们说，老杨刚才的表演好不好？棒不棒？"一个和父亲相熟的老太婆也跟着起哄，把父亲推上了高潮。

盛情难却，父亲清清嗓子，唱起了他久违的《林海雪原》。

打　赌

从银行取钱出来，我刚走出几步，一个白白胖胖的男人迎面向我跑了过来。他惊喜地握住我的手，"老杨呀，好久不见，近来可好？生意不错吧？"我一面和他打哈哈，脑子飞速旋转，"这个人，是谁呢？"

他看出了我的犹疑，半是嘲笑着说，"你肯定不记得我了吧！"我说："哪能呢，我又不是贵人，哪能忘了你老兄，你最近也好吧，说说看。"

说实话，我还真想不起他是谁了，只好转移话题，让他自我暴露。谁知这家伙指着我的鼻子说，"你指定把我忘了，指定的。"他这么一激，情急之下，我竟鬼使神差地从包里掏出一捆刚取出的一万元钱，啪地在手心一敲，说："咱们打赌吧，如果我把你忘了，我把这一万元给你，如果我没忘记你，你给我五千元，如何？"

他吃惊地看着我，忽而嘎嘎笑了，说我还是从前那样豪迈的性格，真逗，我值一万元吗？看来你现在生意不错嘛，出手够大方。

我以为他被我吓退了，准备寒暄几句，赶快走人。谁知这小子忽地一把从我手里把一万元夺了过去，诡笑着说："虽然我不值一万元，但我还是想听听，你是否叫得出我的名字？"

我立马懵了，这小子够狠。可话已出口，驷马难追。我说："你叫阿毛。"他不摇头也不点头，笑嘻嘻地说，"说真名，说呀。"我咬定"阿毛"不放，继而嬉皮笑脸地说："如果不是阿毛，那就阿狗了。"他哈哈大笑，继而扭身便跑，很快就不见了。

我当即崩溃，意识到是受骗了。回到银行，向保安汇报。保安听过经过，大骂我脑子进水，还有这样的骗术？这街上又没有摄像镜头，人跑了，到哪里去找呀？

我垂头丧气地回到家里。一万元不是小数目呀，该怎样向老婆交代？真是丢死人了！我窝在沙发里发呆，手机响了，是个陌生的号码，声音也是陌生的。我不耐烦地说，"你到底找谁呀？打错了。"对方轻声说："我找阿毛，否则就找阿狗。"我顿时明白了，血直往脑门上涌。狗日的骗子也太猖狂了，骗了我的钱，竟然还敢打电话过来。我迅速记下这串电话号码，才准备报警，门铃响了。我以为是老婆回来了，开门一看，正是街上遇见的那个骗子。骗子的手上，拿着一万元钱。

我目瞪口呆地看着他，心想莫非他还要杀到家里来？

白白胖胖的男人握住我的手说："抱歉，玩笑过头了。这下，想起来我是谁了吧？"

不是骗子就好。我已是吓得够呛，哪里还想得起他是谁。嗫嚅着老老实实说："还请见谅，真想不起来了，朋友就好，朋友就好，还是请自报家门吧。"

"这不就对了嘛，想不起来就想不起来，还嘴硬！"白白胖胖的男人拍拍我的肩膀，提醒我，"那年，我们在城固桔园，有一次在'升仙台'喝酒，和你打赌的那个人，最后输了你100元钱的那个人……想起来了吧？"

哇噻——"王永强"，我怎么把他给忘了！这家伙，还是从前的那股狠劲，十年前的"输赢"，他竟然记到了现在。

朋友之间以这样的方式会面，着实是富有戏剧性，让人惊吓不小。我说，"你可够狠呀，一亿个脑细胞都被你吓死了，你可得赔偿。"

王永强嘎嘎笑："活该，死要面子活受罪——不过嘛，请客是必须的，我做东——不服气，有什么赌咱们再打一次？"

酒桌上，我俩蜻蜓点水洋洋洒洒地说起了这些年各自的生活。

王永强说，"这岁月女神太强大了，把人的相貌都变没了——老实说，初见你的第一面，我也不敢确定是你，但通过之后的打赌，我确定了——所以才敢拿着钱跑呀……"

我说，"可不是，你当年多瘦呀，谁能想到时间的刽子手会把你变得这样富态，白白胖胖的像个和尚！"

我俩都大口地喝酒，豪气地感叹道："是啊，岁月再变，容貌再变，我们却都还是从前的样子！——爱面子，讲义气，够哥们！——只是，那时候的生活多苦呀！苦乐苦乐的……"

喝着笑着，就有些醉了。

王永强从对面的椅子上晃荡过来，勾住我的背，热乎乎的嘴贴到我耳朵上神秘地说："你知道，当年打赌你为什么会赢吗？"

"为什么？"我把他按到椅子上，并坐到他的肉腿上。

王永强搂住我，顺势在我裆部摸了一把，流氓十态地说："因为，因为那天你失恋了，让人家镇上卫生院的小护士给拒绝了……我看你可怜，故意让你一把。"

"真有这事！"打赌的事我记得，赢了王永强我记得，失恋的事我似乎也记得，但是不是那一天，我可是忘得一干二净。

我猛地把住王永强的脸，在他的鼻子上刮了一下："哥们，真哥们！"

"那当然"王永强颇自豪地说，"哥们是什么？不但是两肋插刀，酒肉朋友，还是帮你记事的人。"

好个"帮你记事的人！"说的太好了，我坐在王永强的腿上，就像是坐在一条晃荡的船上。动情之处，我忍不住在他鼻子上又刮了一把。

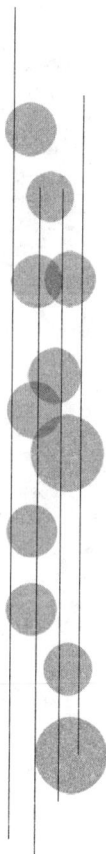

稿　费

我是本地一家杂志的编辑，平时除了审稿，有时也不得不处理一些通联事宜。比如，某位作者的文章发表了，我得告知一声。再比如，一些新作者总是地址不详，为了安全起见，我得通过邮件或电话核实一下。而最敏感的话题，便是稿费了。

其实编辑也是作者，也向报刊杂志投稿，谈稿费并不庸俗，是实际紧要的事情。文章发表是一回事，能否收到稿费又是另一回事。没有稿费的发表，就像干吃白米饭，总是寡淡乏味，这应该是作者们通有的感觉吧。与雅俗无关，与尊严有染。

因此，凡有作者含蓄或直接地问我稿费事宜，我都实话实说。我们刊物级别底，稿费也低，每千字 30 元，很老的标准。声明在先，明码标价，愿者投稿，以免有的作者后悔或抱怨。

事实是，作者们对稿费的多少似乎并不特别计较。而是，能不能收到稿费的问题。

"一元钱的稿费也是稿费，这是对一个作者的尊重！"

不止一次地，我听到有人在电话里掷地有声地对我抗议。当然并非针对我个人，而是看不见的单位规则或制度。

这些我都能理解。作者文章发表了却收不到样刊，领不到稿费，他们义愤填膺，陈词激烈，似乎也只能是这样：发发牢骚，钱不由己。他们渺茫的身份和浩瀚汹涌的纸媒是不对称的，是被施舍的僧侣。除非你是个大作家，名写手，有你的经纪人和律师团。

这些我都能理解。然而最终落实这个问题在财务部门，我并不经手。

上周时，一个叫"天女散花"的作者就不断给我打电话，说她半年前发表的文章只收到样刊，却一直不见稿费。她问我到底有没有稿费，是不是在骗人？我估计她是个年轻作者，我理解她的火气。我说，应该

有，我做过登记的。并告诉了她财务部门的电话，让她自己去查查。

昨天中午，我正在吃午餐，她气汹汹地打进来，说：财务部门一直说在查，在查，我都打过去六个电话了，还没查清，问我是不是在忽悠她，恳求我帮她去财务部门查一查。

我有些为难。因为这样的事情我以前代干过，记录上都是汇出的。财务部门并不欢迎我，认为我不信任他们，有纪检的意思。可显然，并没有人赋予我这样的权利。我只是一个编辑。只与文字密切接触。因此我还是劝她自己去交涉。

女孩抱怨说，她不会再打了，稿费才多钱？再打她就崩溃了。

我说，至于吗？

女孩说，本来还不崩溃，几十块钱她也没当回事，可看到您的好态度，以为有指望，越指望，越失望，越来气，这不，就崩溃了。

我笑：看来是我害了你呀，早知我不告诉你电话，断了你的念想才是。

女孩也笑，说我是个软骨头的好好编辑。突然饶有兴趣地反问我：杨编啊，你遇没遇到过这样的事情？

我笑：经常。

女孩爽朗地笑了，怨我不早说。干脆地挂了电话。

今天，才上班，女孩又打过来电话。

我以为她又要崩溃，乱发脾气，我正在心理上做好准备，没想到她喜悦地尖叫一声：杨编，祝贺我吧，我收到稿费了。

我疑惑，这么快？这可是外地呀！

女孩花朵一样娇羞地把声音闭住，停顿了三秒，又摇摆了三下，她说：不是你们的，是另一家的。

我还在发愣，她为何把这事也告诉我？忽听见她豪气干云地骂道：奶奶的，我就不信，我发表的文章多了我就挣不到稿费！

挂了电话，我一直在琢磨她的语气，是励志？赌气？还是发誓？

想必，也只有"天女散花"自己最清楚。

荷 花

那年我在位于秦岭南麓的升仙村插队，那里交通不便，风景秀美。据说，"一人得道鸡犬升天"的典故就出在这里。村里有所小学，极其简陋，校舍借用的是一所废弃的古院落，名曰"唐仙观"，也就是升天的那位唐道士生前炼丹修炼的住所。

这个美丽的故事很是诱人，让人浮想联翩。闲暇时我和几个要好的知青会爬到山上，吹着山风，看着白云，絮絮叨叨又心潮澎湃地畅谈未来和理想。只是，这里太偏远了，连报纸都很难看到，除了广播里那些铿锵的口号，我们对外部世界几乎一无所知，似乎一切都很遥远，朦胧如晨昏的雾气。朦胧久了，便不免有些悲观和叹气，不知道自己的人生究竟在哪里？

所幸的是，入秋后，"唐仙观"小学差一名语文老师，让我去了。学校在山脚下的渭水河畔，这里地势开阔，树茂林深，是学生们的天堂，到处可见孩子们奔跑的身影，以及他们叽叽喳喳永不停歇的欢声笑语。我似乎也受到了感染，身体里滋生出了孜孜不倦求学的劲头。

"唐仙观"里有棵两米多粗的皂角树，是一个天然的凉亭，无课时，老师们会聚到这里聊天，说学校的事情，说国家的政策，更喜欢说一些道听途说的奇闻轶事，以此来消解一天的疲乏和生活的单调。

有时，老师们也会争论起来，以他们平素在讲台上练就的自信发表演说，彰显实力。我发现，一个叫李长方老师从来不凑这种热闹，他似乎惧怕处于事物的中心，即便是在课堂上，他也是按部就班，从不忘乎所以地高谈阔论。他脸上时常流露出的那种善意的害羞，似乎对生活抱着深深的歉意。

李长方的年龄和我差不多，家住斗山背后的望仙桥。和大多数乡村民办教师一样，他没有宿舍，需回家过夜，十几里的路，全靠步行，第二天一大早再赶过来。

李长方家里有七个兄弟姐妹，其中一个是个傻子，而李长方排行老四，是家里的"顶梁柱"。听说，他喜欢上了他们那个村村长的女儿。村长不同意，给中间人的说法是，他多年前就许下了诺言：他的女儿非公家人莫谈。这个说法无疑是一把利剑，把李长方老师逼入了绝路。

与李长方邻村的方老师在一次闲谈中向我透露，李长方曾在一次月夜回家的路上向他激情倾诉，他最大的梦想就是成为一个公办老师，其次是拥有一辆"飞鸽牌"自行车。

一天，李长方在上体育课时把脚崴了，虽然他一再声明不严重，可到下午我看见他走路的姿势还是很滑稽，引来学生们阵阵哄笑。出于同情和怜悯，我放下一个城市人惯有的矜持，向他发出邀请："不方便的话，晚上就别回了，和我睡一张床行了。"

他点头同意，眼睛碰了我一下又迅速闪开。

睡到后半夜，他说起了梦话，一个劲地叫荷花，荷花。早上起来，我告诉他夜里说梦话了，一直在叫荷花。他先是大惊失色，接着向我解释说，他从小就喜欢荷花，昨晚刚梦到了一朵，才要摘，却不见了。

说完他拿着教科书黯然神伤地出了宿舍。

望着他深蓝的背影，我突然想起了他心爱的姑娘，她叫什么名字呢？有着怎样的长相？他和她？——他能不能成为村长的女婿？

这一切的悬念，因为不熟，更因为李长方的自尊，我不便多问，只能是在心里暗暗地祝福他。

后来，如人们所知的那样，国家政策变好，我欣喜回城，开始了全新的生活。升仙村"唐仙观"小学的那些人事，从此成为模糊的往事，成为我记忆里最美好的一部分，俗称怀念，被怀念的人徒劳地怀念着。

我这里要说的是，生活的神奇总是让人匪夷所思，目瞪口呆。三十多年后的今天，这个平常的黄昏，偶然的一张报纸上，一篇题为《怀念荷花》的文章赫然进入了我的视线。它的作者，正是李长方。

起初，我以为是一篇写景的文章，但当我看完内容，我明白了一切。有一个姑娘，她的名字叫荷花……她的美丽和哀愁已无关紧要，重要的是她曾经温暖过一个青年的青春和梦想！

温暖的手套

那是一个寒冷的冬天，应该是大二的寒假吧，我们一帮归心似箭的同学，排了一晚上的队，才坐上了西安开往成都的火车。那些年运力紧张，线路有限，车厢里塞得满满的，走动都困难，是名副其实的"沙丁鱼罐头"。好在我们是从始发站上车的，有几个座位可以轮换着坐。路途漫长，青春飞扬！一路上，我们这些"天之骄子"都在热烈地神侃，笑闹，打牌，畅所欲言外面世界的精彩和愈来愈近的家的温暖……

车过宝鸡后，开始进入莽莽秦岭。窗外飘着雪花，白茫茫一片。气温骤降，一些人开始加衣保暖，或是埋头睡觉。车窗都关得严严的，生怕透进来一丝冷风。

我们继续嘻嘻哈哈，潇洒地玩牌。过道里一个中年男子突然叫了起来："开窗开窗！请给开一下窗！"

男人其貌不扬，头发有点乱，估计是个外出务工人员。他叫得如此急切，我们停止喧闹，这才看见，男子身边的女人表情难受，头歪着，要呕吐的样子。估计，她是他的妻子吧。可是，男人说了半天，周围靠窗户的人都假装视而不见，无动于衷。我清楚，大家之所以不愿意开窗，是受不了那呼啸灌进的刺骨的寒风吧。

看人们无动于衷，男人便挤到我们这边的窗户，俯身自己够着去开。只是，由于距离远，一时没推开。情急之下，他褪下一只手套，继续用力。

窗开了。我们一副龇牙咧嘴的表情，却也不好说什么。女人挤了半天才凑过来，大口大口地喘息。然而并没有呕吐。估计是闷得慌。这时，男人出于愧意，对我们小声解释道："她怀孕了。"

当时我们都十八九岁的样子，虽然单纯，不解世事，但好歹知道怀孕是一件神圣又痛苦的事情。听男人这么一说，我们礼貌性地让座。男

人却推辞起来，说透透气就好了，没关系。正说着，男人猛地又一声尖叫："哎呀，我的手套！我的手套丢了！"

其实我们都看见了，男人在打开窗户的那一霎，他褪下来的那只手套由于没抓好便鸟一样飞出了窗外，只不过由于着急，他自己没发现而已。那是一只口上有毛毛的棕色的皮手套，在当时，应该很贵吧！否则，男人也不会如此惊叫。

我们告诉他之后，男人的脸迅速羞愧地红了。然而让人万万想不到的是，他愣神看着窗外迟疑了几秒，快速褪下手上的另一只手套，也抛向了窗外。

我们都不解地看着他。以为他是在向自己发脾气。不就是一只手套嘛，丢都丢了，至于吗！

女人也责怪男人："好好的手套，你扔了干嘛？"

男人搓搓脸，嗫嚅着说："一只已经丢了，留下这只也没多大用处，不如干脆一块丢了，让捡到的人可以得到温暖的一双。"

男人的话，让我们大为吃惊！我们几个大学生再也坐不住了，坚决为他们让座，并许诺可以随时开窗。

……

许多年过去了，每到寒假春运，我就会情不自禁地想起男人的那双手套。它最终被山里的哪个孩子捡去了呢？有没有能够幸运成双？这个美妙的疑问一直藏在我的心里。每一次想起，心里都暖暖的，脑海里浮现出了一个山区孩子惊喜的脸容。

我想，这也是一种温暖的传递吧！

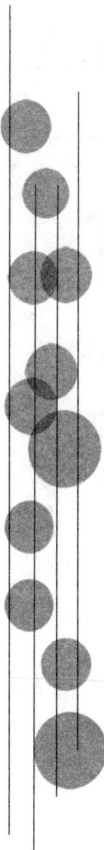

母亲的心思

去年，父亲过世了。母亲非常怀念，经常做梦。

一日，母亲梦见父亲端着一个大碗，哭着求着要吃羊肉泡馍。梦醒的母亲难受的不行，将我们兄弟姐妹几个召集过来，母亲说："你们知道吗，你们的父亲现在日子不好过，连一碗羊肉泡馍都吃不上，现在物价涨得这样凶，必定是手头紧，钱不够用了……你们就眼看着他在那里受穷挨饿吗？"

我们明白了母亲的意思，赶紧给父亲送去厚厚的几摞纸钱，并在供桌上摆了父亲生前最爱吃的羊肉泡馍，以及一些新鲜的水果。

没过几天，母亲又来电话，说她梦见父亲在咳嗽，嘴上还挂着清涕，浑身冷得直打哆嗦。母亲说："这才刚刚入冬，怎么就感冒了呢，想必是被子薄了，衣服不够穿了，你们就眼睁睁看他在那里受冻生病吗？"

我们立马分头行动，买来了各式衣服和棉被，准备晚上就给父亲寄过去。母亲说："不行，都已经感冒了，不吃药打针是不行的。"我们又去买来许多治感冒的药，摆在供桌上，好让父亲趁着夜深人静时回家拿。看着这么多的瓶瓶，母亲突然又改变了主意，说："这样不行，不吉利，你们供这么多的药，是让你们的父亲常年生病呀！"

正当我们一筹莫展，三弟回来了。他一向机灵，说："妈，要不这样，我们给他配备一个私人医生，这样你总该放心了吧。"母亲想不出更好的办法，点头答应。大姐二姐立即动手，只一会工夫，便糊制出一个穿白大褂的大夫，用红笔写上了"协和医院"，还挂了胸牌：主任医生。

又过了些天，母亲买菜回来，看见一伙年轻人围着撕打一个瘦弱的老头，他们抢走了他身上的钱，拽走了他的手表，还踩碎了他的老花镜。周围挤满了看客，却无一人上前营救。母亲慨叹："这是个什么世道！光

天化日之下，如此嚣张，竟无一人伸手援助，这是个什么世道！"

当晚，母亲做了噩梦，梦见父亲在那边正遭人欺负。母亲在电话里慌慌张张地说："你们的父亲被人打了，他的身子骨那样弱，这下该怎么办？怎么办？"

三弟说："妈，你放心，我和哥这就弄两个保镖，给他老人家送过去。"三弟喜欢泰森，我欣赏霍利菲尔德。学美术的小妹从手提电脑里调出他俩的全身像，三下五除二，两个栩栩如生的拳王就站在了面前。母亲不认识他俩，但看到他们健壮的身躯上累累的肌肉，说行，就让这两个外国运动员保护你们的父亲吧。忽又觉得不妥，说父亲说话他们肯定听不懂，要不，换两个中国运动员？

大姐说："妈，你不懂，又不是参加奥运会，要什么运动员。"三弟骄傲地说："妈，他二位可是重量级的世界拳王呀，再厉害的歹徒也可以制服，有他们保护，保管以后只有别人受欺负的份！"

母亲摇头："横行霸道耍威风没必要，你们的父亲不喜欢那样，咱只求他平平安安就行。"

二姐说："妈，你不用担心语言问题，好办，配个翻译就是了。"小妹热烈响应，一会儿工夫，一个戴博士帽的中国留学生就黯然站在了两位拳王的身旁。母亲不吱声，算是默许。我们想：这下母亲该安心了，不必为那边的父亲忧心忡忡了。

谁知，没过几天，母亲又打来电话，说她还是不放心。我们再三追问："有什么不放心？有私人医生，私人保镖，明星也不见得有这个待遇呀，还有什么不放心的？"

母亲说："你们弄得那两个保镖，我好像在电视里看过，是不是经常在一块打架，一个还咬了另一个耳朵的那两个？……要是，他们在你们父亲面前打起来，怎么办？凭他那个身子骨，哪拉得开，岂不要吃亏？我思来想去，觉得还是不妥。"

三弟忍住笑，说："妈，要不这样，再给他们派一个裁判，你看如何？"

"不行"，母亲说，"那不是鼓励打架吗？你们的父亲爱清闲，这么多的人在他身边太吵了，他肯定受不了。再说了，那么多的人，要花多少钱，我们也养不起呀。"

母亲这么一说，我们都不再言语，一时也没了主意。

　　最后，还是母亲发话了："要不这样，那两个外国运动员不要了，他们的拳头再硬，保护得了你们的父亲，却保护不了整个社会呀。我看，还是让铁面无私的包公去陪他，让人心里踏实一些。"

　　我们含住泪水，总算明白了母亲的心思。

李婶的婚事

　　我大老远赶回老家，为的是参加一场浪漫的老年婚礼。婚礼的女主角叫李婶，我六七岁时还闹过她的洞房。

　　李婶早先的丈夫叫胡耿全，是我们乡中学的语文老师。他们的儿子叫金蛋，女儿叫金花。金蛋六岁那年，胡耿全得了一种奇怪的病，头上突然之间长出一个大包，有点像兵马俑，后来溃烂了，人急剧消瘦，不到一年就死了。

　　胡耿全的死使李婶猝不及防地成为寡妇。使她羞愧，本就不善言语的她，更沉默了，偶尔在巷道走过，就像影子一样在墙根浮动。

　　三年后，婆婆发话了，说她该尽的义务都尽到了，要嫁人的话不难为她。邻村的一个单身汉就托来媒人。那男的瘦瘦高高，比李婶小一岁，是个民办教师。李婶纳闷，人家是头婚，怎么会看上自己呢？何况自己还带着两个拖斗。想不明白，就拖着，和娘家商量。谁成想，心里刚有了松动，却传来消息，人家单身民办教师找到媳妇了，是北山里的一个黄花大闺女，才十八九岁。李婶羞辱难当，发誓不再嫁人。

　　一转眼金蛋上了高中，要考大学了。金蛋学习好，上的是重点班，考上大学不成问题。可李婶一人拉扯两个孩子，政策再怎么好，手脚再勤快，日子也还是紧巴。好心人就劝：开个心眼，给自己留条出路吧，四十多岁的女人也不是没机会，想开了，就那么回事，钱是硬道理。

　　之后有人给李婶介绍了许家庙镇上的一个打煤的徐老板。徐老板个不高，干瘦，年前刚死了老婆，有意再续弦。李婶起初不同意，可禁不住娘家妈的劝：长相差点算什么？过日子才是真本事，这孩子们马上要花大钱了，你不嫁人，拿什么供孩子？

　　李婶答不上来，只有答应下来。

　　镇上离村里不远。关系确定下来后，徐老板隔三岔五开着蹦蹦车来帮忙，天晚了就住下来，很快成了一家人，只待夏忙后举行一场正式的婚礼。

金蛋住校，家里就只剩下上初中的金花。对于徐老板这个突然到来的后爸，金花无所谓反感，也无所谓喜欢，多个劳力，终归不是什么坏事情。

一天晚上，徐老板和李婶在里间忙活完之后，都疲惫地睡了。后半夜，徐老板起来解手，李婶朦朦胧胧知道。过了一会，不见动静，李婶奇怪，摸起来看，夏夜的月光明晃晃的，她一下就愣住了——徐老板正站在女儿的床边，定定站着，一声不吭——这样子可怕极了，仿佛鬼魂，李婶一下就惊叫了出来，把徐老板吓得险些跌倒。把金花也惊醒了。

李婶开始哭闹，和徐老板不愿意。说她这是在引狼入室呀！徐老板保证他不是狼，他也是有女儿的人，怎么会干出那样猪狗不如的事情？李婶不依不饶，说不行，你刚才的眼神已经告诉了我一切，你敢保证你以后不犯浑？

这件事很快成为丑闻，被闹得沸沸扬扬。一门看似不错的婚事，就这样不光彩地戛然收场。李婶由此变得更加沉默，除了干活就是干活。

又一转眼，李婶熬成了婆婆。孙子要上幼儿园，无人接送，她进了城。城里的生活其实蛮单调，除了做饭接送孩子，也没什么正事。李婶不爱看电视，闲得慌，就从批发市场进了些针头线脑的小东西，背一布包，闲暇到广场上去摆地摊，居然不错，半天也能赚个十块八块，两不耽误。

到李婶小摊上来买东西的，也都是些老年人。反正是不值钱的小东西，倒像是聊天，把一次小买卖拉长成了一席愉快的人生聚会。

其中有个老头，是个退休老师，李婶便问他以前在哪教书，扯着扯着，居然和胡耿全做过同事，顿时熟络起来，慢慢地，都清楚了对方的底细。那老头就经常到李婶这买东西，和她扯咸淡。话语里温暖的全是老年的孤单。一次，从她这买过一个金灿灿的顶针，灵机一动，又要给她，说是送她一枚戒指。李婶笑，说顶针我不要，要就要真正的金戒指。

谁知第二天，老头果真从拳头里变出了一枚戒指，李婶不敢笑了，说不行，我这辈子没有再婚的命，再说了，你有退休工资，我一无所有，麻缠的事多，省了吧，有精力我们都多活几年。

老头也不急，让她别怕，想好了再答复他，反正都这把年纪了，也图不了什么，就图能说上一席话，彼此能照顾照顾老胳膊老腿，其他的都是扯淡。

李婶被当年的那场婚事吓怕了，哪里允许自己再闹笑话，又怕金蛋知道了，便把生意停了一段时间。

等到再开张去卖东西，老头又来了，照旧买她的东西，扯一些咸蛋，只是不说过分的话了。李婶也就不像刚开始那样紧张了，日子倒也过得安详。

有一次，老头来买线，说袖子上的缝开了，要回去补。李婶问，你会缝吗？现成的东西都有，干脆脱下来我给你缝几针。老头吹了起来，说他年轻时还干过裁缝呢，老伴走了这些年，洗洗缝缝的事情一直是自己干，从来不让儿女们插手。说归说，还是脱了下了。缝完了，扯够了，该回去做饭了，一同往回走。临分路，老头说他昨天翻旧照片，发现了一张有胡耿全的合影，要李婶上楼去看，几分钟，耽误不了事情。李婶就上楼。照片上的胡耿全方方正正的，站在最中间，应该是刚结婚不久时照的。李婶的眼睛顿时湿了，想起了她这三十多年的过场。

老头正安慰李婶的当口，女儿来了，给父亲送一些吃的东西，搞得老头和李婶措手不及，好紧张。女儿看出了奥妙，待李婶一走，要父亲说实话。老头以为女儿不乐意，说气话：八字还没一撇呢，人家根本就不同意。

女儿纳闷，她有什么牛的？不行，得去打听打听。

一打听，居然和金蛋是大学同学，不是一级的，但有印象。金蛋想，母亲一辈不容易，如今老了，有个能说上话的，也好歹是个伴。再说了，两个老人相互照料，也无形中减轻了子女的负担，对双方家庭都是好事。

这一来，两位老人坐上了火车，慢都慢不下来，而且还轰鸣着，要大办特办。

婚礼上，两位老人容光焕发。我举着相机，想起几十年前我小屁孩时闹洞房的场景，恍然间觉得这老头还真有点像胡耿全。我走近给二位老人照特写。兴许太正式吧，他们半天都调整不好表情。年轻人起哄，说是自由恋爱，又不是包办婚姻，有什么忸怩的！

照片洗出来，我才发现两位老人笑得都很吃力。尤其是李婶，眼眶里已含上了泪花。所幸的是，在泪水就要溢出的那一霎，我抓住了——两张皱纹绽放的笑脸！

女人花

又是一年妇女节。下班回家的路上，中华突然想到，该给老婆买个什么礼物。平日里，老婆够辛苦，既要上班、买菜做饭、管教儿子，还要伺候老人，说来真是不容易！

考虑来考虑去，中华决定买束鲜花，给老婆一个惊喜。

前面街上就有几家花店，中华边走边想，是买玫瑰、还是百合呢？

穿过马路，中华猛一抬头，看见老婆正从不远处的一家花店里走了出来，手里拿着一束康乃馨，神采奕奕地骑着电动车走了。

咦，老婆买花是要送给谁呢？

看着老婆离去的背影，中华的心里有些慌乱。思来想去，中华都觉得老婆不像是有外遇的迹象。再说了，有外遇，也该是玫瑰呀，这康乃馨，是送给谁的呢？难道，是她自己送给自己的吗？

这样一想，中华心里自责起来，觉得自己这个丈夫很不称职。结婚这么多年，老婆忙里忙外，相夫教子，勤俭持家，一晃眼，都要奔四十的人了，自己竟然从来没给老婆买过什么像样的礼物。特别是去年，父亲走后，乡下的母亲身体急剧直下，浑身是毛病。中华不放心，接到了城里。但由于饮食习惯和生活方式的不同，时不时会有一些小摩擦，发生点小口角。兴许是父亲走后母亲太孤单，再加上年轻时干活太多落下了关节疼的毛病，行动不利索，母亲的脾气很难琢磨，唠叨又固执。以前大包大揽惯了，到了儿子家里依然是大小事都想插手，却是心有余而力不足，常常好心干错事，连自己这个做儿子的都无可奈何，何况是媳妇？中华清楚，这一年多来老婆没少受委屈，也哭过鼻子，抱怨过，但在行动上，还算是给足了他这个当儿子的面子，尽量多干少说，对母亲半倚半顺，悉心侍候，单是这一点，中华的心里就一直很感激。可他似乎从来没向老婆正式地表达过什么，哪怕是一句谢意。女人都不容易，

都需要人来疼，可自己这个风箱里的老鼠，似乎一点也不称职，不够机灵，不够体贴，又不解风情！细说起来，和老婆单独散步就寥寥可数，更别说谈心，抚慰滋润老婆的心灵了。

看着花店里琳琅满目的鲜花，一番愧疚感叹之后，中华最后给老婆买了一大捧火红的玫瑰。是呀，今天是天下女人的节日，他也要浪漫一把，以丈夫的名义，向妻子隆重地献上心底的尊敬和爱意！

回到家，老婆看到中华藏在身后的玫瑰，迅速撤掉围裙，捧在怀里，脸颊绯红。接着老婆还踮起脚尖，幸福地旋转了几圈，其轻盈的样子，让中华依稀看见了他们初恋时的光景。

中华说："老婆呀，我看见你也买花了。请你批评我吧，都是我不好，对你关心爱护不够，这大过节的，还让你自己给自己买花，实在是……"

老婆说："那不是给我买的，我才舍不得呢。"

"那你给谁买的?"中华糊涂了。

老婆莞尔一笑，调皮地说："还能是谁，咱们这个家里的女人，除了我，就……"

这下中华全明白了，老婆买的康乃馨原来是送给母亲的！他紧紧搂住老婆，泪水温馨地涌了出来。一抬头，正好看见母亲也在厨房里抹眼泪呢！

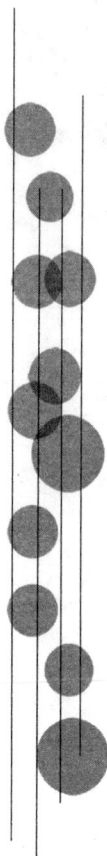

同生死

民国三十年，秦岭南麓的水磨街上，有一姓王的老爷，无疾而终。

老爷名叫王满仓。年轻时在水磨坊里当伙计，磨坊主看他机灵能干，后招为上门女婿。在王满仓三十岁那年，来了一伙土匪，抢走了磨坊里所有的谷物。王满仓的丈人气不过，跳进了石磨幽深的水槽。半年之后，王满仓的老婆青叶离奇失踪。事后得知，是和街上布店的老板私奔了。临走之前，把磨坊也偷偷卖了。王满仓顿时一无所有，带着个八岁的女儿，在山沟里给人背石头。后来，在山沟里盖了茅房，开了荒，安顿下来。

这年冬天，大雪纷纷，石场里早歇了工，整个山沟只剩下他父女俩。好在还有一些玉米红苕，温饱不愁，也算寂静安然。

一天晚上，王满仓和女儿熄了火，正准备睡，有人敲门。王满仓从窗缝看，是一男一女。女儿碎花以为又是土匪，宛若老鼠，哧溜爬起来钻进了床底。王满仓正犹豫，外面发话了，说不是土匪，是来投宿的，土匪怎么会光顾这穷山沟？王满仓想也是。开了门。男的四十多岁，个高脸黑，女的埋着头，小孩模样。男的左手和女的右手绑在一起。他把她拉进来，开始解绳，说天黑雪大的，怕走丢了。王满堂便燃起火，给他们烧水做饭。碎花从床底下爬出来，看着女孩，叫姐姐。那女孩依然不抬头，曲腿坐在火堆旁，似在想心思。

半夜，王满仓正和女儿睡得香，隔壁发出了刺耳的尖叫。他推门一看，吓呆了：高个男人正举手去掐女孩的脖子，女孩握着一把剪刀，血淋淋的，在空中乱颤。顷刻，男人便重重地跌倒了，像一截木头。也就在这个晚上，女儿碎花疯了，拿着她平日里用过的那把剪刀，喊：杀人了，土匪杀人了。

女孩跪下来，要王满仓救她。说那男人是人贩子，要把她卖给石料

厂的老伴。王满仓问她老家？说是四川。事已如此，王满仓连夜把那男人偷偷埋了。在开春之前，搬到了另一个更背的山沟。

女孩说她没有名字，已被辗转卖过多人，也不认得回家的路，要王满仓收留他。王满仓问她多大了？她挽起袖子，胳膊上出现了几个数字，说是小时候父亲刺上去的。王满仓估计，应该是女孩的生日。细看，竟吃了一惊。居然和自己是同日同月同属相。也就是说，女孩那年十八岁，比王满仓整整小一轮。女孩个子虽然长得矮点，然而五官周正。王满仓便决定收他做女儿，也好照顾疯丫头碎花。

女孩低下头，却坚决地说，要给王满仓做老婆。说她不想再嫁人了，已经被多个男人糟蹋过了。王满仓愣住了，意识到这是个刚烈的女子。在这个昏沉的世道，有这样一个女人来和他操持家务，也算是他王满仓的福分。

考虑再三，王满仓给女人起名同生，他要和这个小他十二岁的女人同甘共苦，从头再来。

几年后，手头上略有积蓄，王满仓又回到街上，干起了收茶卖茶的营生，又过了几年，土匪再一次抢劫时被官府捉住归案，处置赃物时，给王满仓分了十两白银，算是对当年的补偿。

这之后，王满仓的茶叶生意越做越大，一直做到了西安。王满仓五十岁那年，已经成了水磨街上最大的老爷。其时，王满仓的疯女儿碎花已离世，同生给王满仓生了一个丫头，一个小子，不幸的是，小子三岁那年，得病夭折，之后同生一直未有身孕，王满仓感叹，或许是自己老了！有人来给她说妾，他婉言谢绝，把自己哥哥最小的儿子强娃过继了过来，算是支撑门户，传递香火。丫头叫金花，心气高，脾气大，怪父亲偏心，嫌母亲无能，让一个外人来继承家业，她心里不服气。其实，王满仓是有意让强娃和金花亲上加亲的，可事与愿违，哥妹宛若仇人，处处作对。金花十九岁那年，和一个走乡串村的货郎客好上了，同生有意招了那货郎客，可王满仓反对，一气之下，金花和货郎客跑了，远走他乡。

王满仓七十岁那年，世道愈来愈乱，军阀戈力，土匪作乱，生意难做。王满仓带着强娃苦力经营，茶行勉强还能维持。强娃嫌山里清苦，有意让王满仓卖掉茶行，去平川县府改做其他生意，王满仓反对，说世道乱了，哪里都不安全。

民国二十六年，日本鬼子打我中国的消息传到山里，王满仓卖掉茶行，把一半的家产都捐给了抗日前线，在乡里引起轰动。强娃对此赌气，带着妻子儿子，去了兴元府干起了卖面皮的营生。家里，就只剩下他们俩老夫妻和一个哑巴佣人。

民国三十年，王满仓八十八岁，无疾而终。

王满仓死后，金花和强娃都一窝蜂跑回来，争着抢着要给老头子置办丧事，却只字不提今后老母亲的养老事宜。哥妹两斗智斗勇，翻腾了两天，发现除了一堆破烂，家里并没有什么值钱的宝贝，之后集体消失，扔下同生一个孤老太婆在院子里哭天抢地。左邻右舍看不过去，一方面以前都多多少少受到过王满仓的恩惠和接济，纷纷出物出力，张罗着给王满仓置办后事。

第三天，正当人们准备发丧，棺材里却有了醒动。打开一看，王满仓坐着，要起来。邻居们吓得四散而退。大白天，大场院，人们手挽手，眼睁睁看着王满仓站在棺材里，向老伴招手。同生就过去，在脸上一摸，热的。赶忙让帮忙的把王满仓扶出来。王满仓不出来，让同生去换身新衣裳，梳妆打扮一番。同生以为醒过来的王满仓在说胡话，也不搭理，让帮忙的把白纸白花白布都去掉。王满仓挡手，不让取。继续催促同生去换衣裳，梳洗打扮。同生拗不过，进里屋按老头的说法收拾了一番。围观的都笑，不知王满仓要搞什么名堂。莫不是，又要结一次婚？

王满仓让同生进棺材，和他一起躺着。

同生说，这么多的人，大白天的，多不好意思。

王满仓说，不是睡觉，是和他一起去死。

同生说，胡说，刚活过来，又怎么去死呢？

王满仓说，我都到了阎王府，突然听黑白无常讲起了这帮狼子野心不孝的行径，想到你一个人孤孤单单的，我就给阎王爷求情，让他宽限我几天，我要带你一起走，同生同死。

同生再摸摸王满仓的脸，确实是热的。让他不要再胡说了。好死不如赖活嘛。王满仓说：这个世道，活有何喜，死又何忧。进来吧。

帮忙的都劝，进去就进去呗，哪有那么好死的，说死就能死。众人把同生搀扶进去。王满仓先躺下来，侧身曲腿。同生也并头侧身曲腿，看着老头，满脸通红。众人都哈哈大笑，不知王满仓还要搞什么把戏。可正笑间，王满仓和同生都闭上了眼，睡着了。胆大的伸手一试，俱

断气。

此事很快传遍四邻八乡，神乎其乎。

民国三十三年，冯玉祥的部队从此经过，专程来到王满仓和同生的合葬墓，燃烛焚香，拔草祭拜。临走时书碑一方：同生死。

据说，冯玉祥还就此做了激情演讲。我爷爷，就是在那天参军的。

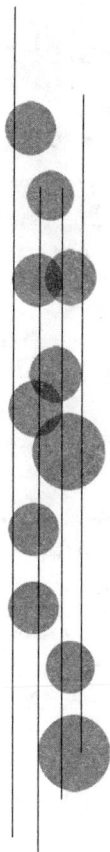

甘蔗里甜蜜的是爱情

核桃和南瓜同时喜欢上了桔子。

他们是大学同学，经常一起结伴旅游。这天，他们去爬定军山。爬到山上，已累得够呛。坐下来，侃了一会三国，口干舌燥。看见不远处有一老翁在卖甘蔗，便围了上去。这是一种当地的甘蔗，青褐色的皮，只有小拇指粗，可怜兮兮的，看上去应该不会太甜。

他们试着买了几根。桔子夸张地说："甜，这甘蔗真甜！我还从来没吃过这么甜的甘蔗！"

核桃说："甜吗？我觉得这甘蔗一点也不甜呀。云南甘蔗才叫甜呢，我给你说……"

桔子懒得说，继续津津有味地嚼。

核桃一本正经地说："你知道吗，你之所以觉得甜，那是因为你饿了，渴了，累了。《芋老人传》你该不是没读过吧。"

桔子说："读过。不过这甘蔗是真好吃，我喜欢。"

核桃豪迈地说："你爱吃，以后我天天给你买，绝对比这破玩意甜多了。"

桔子不再说话。继续临风眺望，嚼甘蔗。忽扭头，问南瓜："你说呢？"

南瓜笑："甜。"

几天后，核桃果然买了一捆又大又粗的云南甘蔗，给桔子送到了宿舍。核桃说："你尝尝，你吃了就知道有多甜，就知道我核桃从来不说假话。"

桔子摆手说："太多了，我吃不了。"

核桃说："吃不了慢慢吃呗，甘蔗禁放，吃完了我再给你买。"

临走，还不忘问一句："甜吗？"

桔子说："一般。"

"没有那天的甜？"

"没有。"

核桃悻悻地走了。

第二天，南瓜也给桔子买了几根甘蔗。是他专门去定军山附近的农村买的。他把尖统一截掉，节巴上也刮得干干净净的，像几根小巧的拐杖。桔子边吃甘蔗，又和南瓜说起了那天爬山的趣事。南瓜听着，笑，露出满口的白牙。

临走，桔子反问："南瓜，你也不问问我甘蔗甜不甜？"

南瓜笑："你爱吃就好，管它甜不甜呢。"

随后，核桃发现桔子和南瓜走得越来越近，他们正式恋爱了。

核桃不明白：无论身高，长相，学习，自己都比南瓜强，怎么，桔子就喜欢上了他呢？核桃百思不得其解。

直到 N 年后，核桃真正恋爱了，才发现自己当年买给桔子的甘蔗仅仅是甘蔗，有的只是糖、真理、权衡、虚荣的爱慕，而唯独缺少的是那种能激起心灵共鸣的体贴和设身处地。现在，核桃站在南瓜的位置上愉快地嘲笑着当年的自己。他终于明白了：甘蔗里甜蜜的是爱情，不是糖。

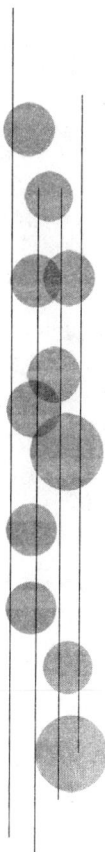

海棠依旧

那年我十三岁，还是一个淘气的孩子。我上树掏鸟，不小心摔下来，腿摔折了。起初，我并不知道事情的严重性，以为在家里躺几天，照样可以四处蹦跳。然而，右腿越来越疼，肿了，连秋裤都穿不进去。父母赶快用架子车把我拉到了县医院，我在骨科病房住了下来。

这是我第一次住院。病房干净整洁，有现成的开水，在我看来就是奢侈的宾馆。我天真地以为，任何毛病，只要到了医院，总会有办法的。然而在经过两次手术后，我的腿上一直没劲，有时还会突然失去知觉。父母的脸色越来越难看。我意识到他们可能在意隐瞒什么。我害怕了。一个恶毒的词："残废"，迅速堵住了我的喉咙。

我开始胡思乱想。我想我再也不会跑了、跳了，不能去上学，我会永远坐在轮椅上，没有任何希望地成为父母的累赘。我的脾气开始变得暴躁，动不动就和父母吵，我说我不想再受罪了，我要回去。我的下一句话是：我不想活了。可我不敢说出口，这句话太可怕了，就像是吊在绳子上的一口随时都会倾翻的黑锅。我不想就这样被倒掉。我不甘心。可又有什么办法？我只能躺着，看着窗户外头的天空发呆。

父母想尽各种办法来安慰我。甚至护士和医生也来劝我，要我配合治疗，说前两次手术确实存在问题，但第三次，一定会成功的，让我尽可以相信他们。

我将信将疑。躺在病床上，斜眼看着眼前不听使唤缠满石膏的腿，就像是一堆破烂。一个多月来，我受够了，除了疼痛，已经没有再让我相信的东西了。甚至是麻药。我的脑壳里飞旋着的全是那种类似于太空里的东西，那种最悲观的科幻。一刻也不能停止。

一天，病房里住进了一位老奶奶，她是被推着进来的，听说是得了一种什么骨髓炎。她躺在我隔壁的病床上，不时有儿女们来看她。她和我的父母很快就聊上了，自然而然地聊到了我的腿。老奶奶看我把头蒙着只是睡觉，故意和我说话，问我是那个学校的？我知道她是想安慰我。可我不稀罕。

老奶奶是一位退休教师。为了鼓励我，让我振作起来。她处心积虑地给我讲了许多富有哲理的故事。一方面我听着，承认她讲得确实很好；一方面我又告诉自己：这里不是课堂，是医院，一阵阵袭来的疼痛是不讲"道理"的。我的腿到底有没有救？会不会截肢？没有谁能告诉我。我强烈地感到自己正在成为一个被抛弃的人。

一天清晨，在我把"科幻片"演得头昏眼花快要爆炸的时候，我从被窝里探出头，大口大口地喘气，看着窗外真实的天空发呆。突然，我看见了几朵桃花。准确地说，是三朵，嫣红嫣红的，新鲜极了，似乎还是我三四岁时看见的模样。我直起上身，渴望看到更多一些。

这时，刮起了一阵风，桃花乱颤，仿佛在跳舞，似乎整个春天都跃到窗口，喊我，在向我招手。是的，我已经好久没有到室外去了，我几乎已把春天遗忘。老奶奶看见了我的异样，她兴奋地说："花信风，第十三番花信风吹来了！"

花信"封"？十三番？我不明白。

老奶奶兴致勃勃地对我说：花与风之间是有约定的，每年从小寒到谷雨四个月的时间里，共要吹二十四番风。一番风吹来，一种花儿开。一番吹开梅花，二番吹开山茶，三番吹开水仙，四番吹开瑞香……直到立夏，所有的花都开放。风有信，花不误，岁岁如此，永不相负，这样的风便叫花信风。

我满脸惊奇地听着，简直像是童话——多美的约定！多美的风！

我问奶奶，海棠花开是那一番风？

奶奶掐指笑着说，是第十六番风，再过三十天左右，那风儿一吹，海棠就开了。一定的。忽又问我，为什么喜欢海棠？

我说，我家院子里有，我不清楚它开了没有？

奶奶哈哈笑，说花信风，人信己，让我安安心心地做第三次手术……说不定，一个月后，还能回家看上海棠呢？

也就在第二天，我从父母那里得知，老奶奶得的其实并不是什么骨髓炎，而是骨癌。我躺在床上，看着奶奶和人说话时笑语盈盈的样子，再想到那三朵嫣红的桃花，以及奶奶说的美丽的花信风，我在心里不由暗暗告诉自己：我一定要站起来，我一定能站起来。因为，我要去看海棠。我相信，海棠依旧。

送给父亲的手套

那年我在离家二十多里的县城读初中。

六月的黄昏，我在学校的操场上读书，听见别班的几个女生在叽叽喳喳地说着"父亲节"的话题，这样的洋节日，我还是头一次听说，新鲜又好奇，想着父亲含辛茹苦养育我不容易，想到明天反正是星期天，何不回一趟家，给父亲买个礼物，向他表达一下我这个做儿子的感激之情和诚挚的祝福呢？

回到宿舍，路近的同学都回家了，空荡荡的，突又想起父亲，想起他骨节粗大的手，不苟言笑的面容，以及每次我走时他站在巷口看我的眼神……想着想着，心里激动起来。我来到校外的夜市，寻思着给父亲买个什么礼物？看来看去，都没有合适的。其实最重要的还是没有钱。家里供我读书已很拮据，我的生活费都是父母从牙缝里挤出来的，哪有多余钱？再说了，买贵了，父亲必定会责怪。最终，我花一元钱给父亲买了双帆布手套。由于长年累月地操劳，父亲的手不但粗糙，已严重变形，就像是耙子，有双手套护着，终归会好一些吧。

第二天一早，我出发了，因为买手套花去了一元钱，我舍不得坐班车，徒步走小路。六月的早晨清新又明媚，一路上我都在心里想着我们家的那个院子，想着父亲、母亲、以及几个弟妹。那个院子虽然穷，乱，捉襟见肘，但当我想着的时候，心里满是温暖。想到父母亲对我寄予的希望，我在心里悄悄告诉自己，一定得努力，考上中专，给父母争光。

八点钟左右，我终于到家了。父亲正在收拾农具，他吃惊地看着我，问我怎么回来了？有什么事吗？我说没事，就是回来看看。看我说的轻描淡写，父亲突然发怒了，说没什么事跑回来干嘛？中考在即，不好好复习，跑来跑去不浪费时间？

受到父亲一通没来由的教训，我的心情顿时暗淡下来，如同鞋底的

泥，有说不出的沉重，还伴随着不被理解的屈辱。我更像是一个做了错事的孩子，一个只会花钱没有多大出息的孩子。路上我在脑海里上演的那些温情的场面，顿时烟消云散。最终我什么也没解释，一头扎进了自己的房间。

关上门，无限懊恼地躺在床上，突然之间我意识到"父亲节"对于我们这样的家庭是多么奢侈的一件事情，即便我给父亲买了礼物，和父亲近在咫尺，却又如何？对于长期含蓄惯了不善言谈的父亲，我的"父亲节"在他看来是多么可笑，华而不实，因此我已没有勇气把手套送给父亲，相反，我为自己感到羞愧！

之后父亲看见了我包里的手套，开始唠叨个没完，问我买手套干嘛？花了多少钱？庄稼人不需要这玩意。哪有戴手套干活的？真是的，我看你是忘了自己是谁了！

父亲嫌我糟蹋钱，批评我忘本，没有干活的样子。我窝着一肚子的气，没有吃饭，扭头就去了母亲干活的坡地。

过了一会，父亲来了，他给我带来两张鸡蛋饼，让我吃饱了再干。然后，父亲从裤兜里掏出那双帆布手套，让我戴上，免得把手磨出泡。我没理父亲，也不接手套。父亲看我生气了，讨好地说，买已经买了，买了就戴上吧！我赌气说，谁说手套是买给我自己的？我有那么金贵吗？

母亲看出我和父亲在较劲，劝解着说，那这就奇怪了？儿呀，既然你不是买给自己的，谁又能用得着呢？

我把手套扔给父亲，继续赌气说，反正我不戴，你不戴扔了就是了。

父亲愣了一下，没再看我，而是盯着脚下的土坷垃，一个劲喃喃地说：哦，原来是给我买的，这又何必呢，等你出息的那一天，给我买东西也不迟呀！

顷刻之间，我的泪水夺眶而出。第二天父亲送我去学校时，我依然没有说出那双手套的来路，更没敢告诉父亲天底下有一个特殊的节日，叫"父亲节"。我心里想的是，什么时候我才有出息？才可以大大方方地孝敬父亲呢？

如今我出息了，父亲却义无反顾地离去了！那双一元钱的帆布手套，从此成了我送给父亲的唯一礼物。现在想起，已全然不是寒酸和羞涩，而是庆幸。庆幸在我年少之时，也曾偷偷地为父亲过过一次"父亲节"。

父亲拉板车的日子

在我十三的那年，父亲决定送我去县城读书。父亲说那里的教学质量高，考大学有保障。起初的时候，我住校。然而因为身体一直比较弱，再加上刚进入一个陌生的环境，老生病。父亲一咬牙，在学校附近租了一间房，要给我陪读。父亲没有什么一技之长，在城里找份工作并不容易。观察了一段时间，父亲决定拉板车。父亲说，拉板车不用怎么投资，力气就是成本。再者，也自由，想拉了就拉，不想拉了就收摊，不用看谁的脸色。

在我们出租房的不远处，有一个家具批发市场。父亲就去那里找生意。听父亲说，那里的生意不错，一天至少可以挣到三十多块钱，让我一心一意读书，将来考个好点的大学。

家具市场属于老城区，交通不好，因此一般不让机动车进去。买家具的货主，只有靠板车来拉。所以，市场门口拉板车的人就特别多。有一次放学经过那里时，我曾仔细数过，至少有十五六辆，可见竞争很激烈。我一直好奇，不知父亲是怎么给人家拉东西的，听说，一般还要送上楼，父亲那么瘦小，他能背动吗？他渴了可以喝一口挂在车把上的水，饿了呢，父亲舍得在外面买个饼子吗？还有，没有生意时，他是否也和其它的车夫们那样说笑、打牌？奇怪的是，我天天从那里经过，可从来都没有遇见过父亲。我猜父亲是否有意在这个时间段躲着我，不让我眼睁睁看见他卖苦力的过程。父亲一直是一个爱面子的人，这我知道。因此虽然我心里一直很好奇，然而从不去过问他拉板车的事情。他也从来不主动给我说。

有一天，最后一节是体育课，活动解散后，我向老师请了假，打算早点回出租屋去给父亲包顿饺子，好给他一个惊喜。

到了家具市场的门口，我特意放慢了脚步。透过人群，我看见父亲

微阅读 1+1 工程

正仰脸和一个身材高大的货主在进行交涉。我藏在面包车的侧面。那男人说："十元，十元就装货。"父亲坚持要十五元，说这么大一张床，还要上那么高的楼层，不好背。货主正犹豫，另一个拉板车的凑了过去，小声说："十三元怎么样，我去。"货主指指那人："好吧，十三，你拉。"父亲急了："走走走，十三，我拉。"父亲准备装货。货主却神气地用胳膊把父亲挡住了："不用你，一点不实在。"父亲说："怎么不实在，我都跟你一下午了，做生意不都讨价还价吗？"货主轻蔑地笑了："瞎扯，你拉个板车还算做生意？一边呆着去。"说着，胳膊一挥，把父亲拨了个趔趄。

眼看着到手的生意飞了，父亲无限懊恼，重重地踢了一脚板车，斜靠在上面，眼睛茫然地看着涌动的人群。

我的眼睛顿时湿润了。父亲为了挣钱供我读书，他低三下四地紧盯着每一个前来看家具的货主，人家走到哪，他乞丐似地跟到哪，期望人家能用他，让他出苦力。即便如此，他的生意还是泡汤了，被人嘲笑。在我看不见的时候，他又遭受过多少这样不为人知的屈辱？

考虑再三，我没有出现。如果我出现了，父亲知道我看见了刚才的一幕，他的自尊心又该往哪里放。我是他的儿子，却无法给他丝毫的安慰，唯有静静地离去，在心里责怪自己的无用。

是的，唯有偷偷离开。回到出租屋，我的眼里蓄满了泪水。我一边包饺子，一边暗暗告诉自己，等会父亲回来了，我一定要装作什么事情也没发生的样子。而且，我一定要笑着，多给父亲讲讲学校里的事情，多说一些高兴的话题。因为我知道，我才上初中，父亲拉板车的日子很长很长！